우리는 서로
조심하라고 말하며
걸었다

박연준 · 장석주 에세이

우리는 서로 조심하라고 말하며 걸었다

걸어본다
07
시드니

1

박연준

자, 모자여, 외투여,

두 주먹을 호주머니에 집어넣고 나가자.

자, 길을 떠나자!

자, 가자!

—프레데리크 그로, 『걷기, 두 발로 사유하는 철학』

차례

서문

우리는 '새벽의 나무 둘'처럼

"네 이름을 발음하는 내 입술에 몇 개의 별들이 얼음처럼 부서진다."

오래전 이렇게 시작하는 메일을 받은 적이 있습니다.
첫 문장을 지금까지 외우고 있네요.
설렘과 두려움 속에서 당신 입술 위 내 이름을,
부서지는 몇 개의 별들을 상상해보았습니다.

먼 곳에서 나를 향해, 별들이 걸어오고 있는 것 같았어요.

저녁이 되자 슬퍼졌습니다.
무릎을 꿇고 '얼음을 주세요' 란 제목으로 시를 썼지요.
그 시로 시인이 될 줄은 몰랐지만 시를 쓰던 순간,
파랗게 내가 곤두선 불꽃이 된 기분이었던 것을 기억합니다.

자기 감정을 아는 것,

사랑은 거기에서 출발합니다.
지금 나는 순해졌습니다.
지독함이 스스로 옷을 벗을 때까지,
사랑했거든요.

우리는 새벽의 나무 둘처럼
행복합니다.
잉걸불 속으로 걸어가는 한 쌍의 단도처럼
용감합니다.

그때 별들이 왜 하필 이쪽으로 걸어왔는지
알 것도 같습니다.

이 책은 우리의 결혼 선언을 대신할 것입니다.
각자의 글이 빵과 소스 같기를,
그렇게 어우러져 읽히기를 바랍니다.

책의 처음과 끝에 김민정 시인이 있습니다.
그녀의 '사랑'이 아니었다면,
이 책은 나올 수 없었을 것입니다.

시드니에서 만났던 분들,

어머니와 남동생 태준에게도 감사의 인사를 드립니다.

나보다 먼저 생각하게 되는 사람,

나의 JJ에게도

감사와 사랑을 전합니다.

천천히 오래 걸어요, 우리!

2015년 12월, 서교동에서

박연준

ㅇ처음 살아보는

두 번은 없다. 지금도 그렇고
앞으로도 그럴 것이다. 그러므로 우리는
아무런 연습 없이 태어나서
아무런 훈련 없이 죽는다.

우리가, 세상이란 이름의 학교에서
가장 바보 같은 학생일지라도
여름에도 겨울에도
낙제란 없는 법.

반복되는 하루는 단 한 번도 없다.
두 번의 똑같은 밤도 없고,
두 번의 한결같은 입맞춤도 없고,
두 번의 동일한 눈빛도 없다.

어제, 누군가 내 곁에서
네 이름을 큰 소리로 불렀을 때,
내겐 마치 열린 창문으로
한 송이 장미꽃이 떨어져내리는 것 같았다.

오늘, 우리가 이렇게 함께 있을 때,
난 벽을 향해 얼굴을 돌려버렸다.
장미? 장미가 어떤 모양이었지?
꽃이었던가, 돌이었던가?

힘겨운 나날들, 무엇 때문에 너는
쓸데없는 불안으로 두려워하는가.
너는 존재한다—그러므로 사라질 것이다
너는 사라진다—그러므로 아름답다

미소 짓고, 어깨동무하며
우리 함께 일치점을 찾아보자.
비록 우리가 두 개의 투명한 물방울처럼
서로 다를지라도……

—비스와바 쉼보르스카, 「두 번은 없다」 전문

숨이 막힐 때가 있다. 인생이 단 한 번이라는 생각을 하면.

이번 생이 처음이자 마지막일지도 모르는데, 이렇게 살아도 되나? 목뒤가 서늘해질 때가 있다. 내가 겪어온 '어제' 들이 날아가버린 날들이 아니라 몸에 배이고 스미는 날들이었다는 생각이 든다. 태어난 이후로 줄곧 시간을 써왔구나, 나는 오래되었구나. 인생은 낡았다! 앞으로 더 낡아갈 일밖에 없는 것인가?

나라는 존재. 나이, 성별, 피부색, 태어난 곳, 지문, 키와 체형, 분위기, 머리카락 색과 굵기, 나를 낳거나 키운 사람들, 일가친척들. 여기서 내 의지로 바꿀 수 있는 것은 별로 없다. 여러 번 고쳐 태어날 수 없기 때문에 '단 한 번' 으로 내게 주어진 것들을 받아들여야 한다. 이 외에도 사는 곳, 전공과 직업, 잘하는 일과 못하는 일, 좋아하는 음식과 싫어하는 음식, 자주 가는 곳, 생활습관, 만나는 사람, 옷차림, 취향, 표정 등 얼마나 많은 것들이 오랫동안 누적되어 지금의 '나'를 만들어온 걸까? 이것들은 관성이 붙어 좀처럼 변하지 않는다. 내가 열두 살이라거나, '말랑한 영혼을 가진 스무 살' 이라면 모를까(딱딱한 영혼을 가진 스무 살이라면 그마저 힘들다). 변한다는 것은 '인생이 변한다' 는 것이다. 색깔이 변해야 하는 것이다. 노란색이 초록색이 되거나 파란색이 빨간색으로 변하는 일이다. 얼마나 여러 가지와 몸 섞어야 가능한 일인가? 게다가 본바탕(성격이나 천성)은 이미 일곱 살 이전에 결정나는 것일 텐데.

어쨌든 단 한 번이라고 생각하면 골치 아프다. '단 한 번'이란 말 속에 측량 불가능한 삶의 무게가 담겨 있기 때문이다. 결혼이란 것도 그렇다. 처음부터 이번 생에는 결혼을 두어 번, 아니 대여섯 번은 해야겠다고 작정한 사람은 없을 것이다. 대개는 '생에 한 번뿐인 결혼'이라 생각하고 상대를 고르고(고른다는 말이 우습지만), 고심해 결정할 것이다. 주사위를 여러 번 던져서 좋은 수를 받아낼 수도 없는 거니까. 어려운 일이다. 또 뭐가 있나 우리가 단 한 번이라 믿고 있는 것들. 한 번뿐인 돌잔치, 한 번뿐인 환갑잔치(여러 번 해서 좋을 것 없지), 장례식…… 그러고 보니 태어나 나이 먹고 죽는 것과 관련된 것들에는 '단 한 번'이란 말을 잘도 가져다 쓴다. 의미 붙이기 나름이다.

유일함과 유한성은 인생의 매력이기도 하다. 여러 번이라면 절절하지 않을 테고 시들할 테니까. 가령 두번째 생에서 내 직업은 돈을 벌기 어려웠으니 세번째 생에서는 잘 선택하겠다고 다짐하거나, 세번째 생을 살아보니 역시 건강은 어려서부터 관리해야겠더군. 다음 생에서는 금연과 금주를 하고, 운동을 두세 가지 정도는 배워둬야지…… 이런 식이라면 재미없을 것이다. '다음'이라는 말에 의지해 뭐든 유예하려들 것이고 아쉬워하지 않을 것이다.

생각 끝에 '처음'이란 말에 닿았다. 단 한 번이라는 삶의 조건에서 벗어날 수는 없겠지만 매 순간 '처음 살아보는 삶'을 고집할 순 있을 것이다. 오늘, 지금이라는 순간은 처음 겪는 시간이다. 이 시간 이후는 겪어보지 못한 시간, 처음 살아보는 삶이다. 일상이 반복될 거라고 생각하는 순간 지는 것이다. 누가 알겠는가, 인생이 어떻게 흘러갈지. 우리 모두 처음인데!

'처음 살아보는 삶'이 주어졌으니 무얼 시작해볼까? 호주에 가서 캥거루나 볼까? 누군가 우동 먹으러 일본 다녀오겠다는 소리처럼 배부르고, 얼빠진 소리 같다. 그러나 정말이다! 호주에서 한 달 동안 살아보게 되었다. 호주에 사는 지인이 긴 여행으로 집을 비우게 되었으니 와서 지내면 어떻겠냐고 제안한 것이다. 물론 관광 목적이 아니다. 우리는 다른 사람이 '살던' 집에 들어가서, 그 집 살림을 하며 먹고 자고 생활하게 된 것이다. 마치 다른 사람의 인생과 잠깐 바꿔 살아보기로 한 것처럼 설렌다! 이제 '단 한 번'이란 단어에 내포된 한정성은 '처음'이라는 말에 담긴 무궁무진함과 희망으로 대체되었다.

처음이란 열지 않은 판도라 상자다. 맨 앞이다. 출발 전이다. 아무것이거나 모든 것이다. 처음이란 시간 속에 웅크리고 있을 사건들, 나날의 함의! 삶의 저의!

나에게 시드니란 '처음 만나는 처음'이 될 것이다. 그곳의 봄—만연한 꽃들, 낯선 바람, 대자연, 동식물들, 성인 키보다 더 크다는 캥거루! 낯선 거리와 새로운 음식과 사람들, 남의 살림살이들—부엌, 욕조, 세면대, 침대, 의자, 그릇들—그곳의 석양까지! 무수한 처음이 나를 기다리고 있을 것이다.

삶은 현재형이다. 과거도 미래도 수면 아래 있다. 오직 현재만이 '사실적으로' 작동한다. 잘사는 것에 대해서라면 관심이 없다. 다만 많은 것들을 충분히, 고루 느끼고 싶다. 상처는 두렵지 않다. 후회가 두렵다. 오라, 갖가지 경험들, 내가 느낄 감정들, 인생을 좌지우지할 천 가지 얼굴들이여! 나쁜 경험이란 없다. 겪지 말았더라면, 생각했던 일들도 지나고 나면 괜찮았다.

누군가 내 삶을 세탁해 입어보라고, '처음' 선물한 것 같다.

입어볼까? 오래된 처음처럼, 꼭 맞기를.

○ 첫날

도착하니 오전 7시였다. 서울은 오전 6시일 것이다. 시차는 거의 없었지만 잠을 못 잤기 때문에 피곤했다. 밤과 잠을 잃어버린 상태로 공중을 날아왔다.

9월 초. 호주는 겨울에서 봄으로 넘어가는 시기였고 서울은 아직 여름이었다. 여름 다음이 봄이라, 계절을 거슬러왔다고 생각하니 재미있었다. 시드니에 도착해서도 생각이 두고 온 서울 쪽으로 기울어져 난감했다. 몸과 마음이 시드니에 온전히 머물려면 시간이 좀더 필요할 것 같았다.

우리가 묵을 곳은 시드니 글레노리 올드 노던 로드Glenorie, Old Northern Road에 있었다. 공항에 마중나와 있던 교민의 차로 한 시간 반 즈음 달리니, 김미경 선생님이 기다리고 계셨다. 거리에서 차를 바꿔 탔다. 데려다주신 교민분과는 인사를 하고, 김미경 선생님 차에 올라탔다. 길에서 접선하는 첩보원이 된 것 같았다. 도중에 김미경 선생님이 길가 무인 꽃집 앞에서 차를 세우셨다. 이름 모를 시드니 꽃들이 잔뜩 있었다. 꽃마다 가격이 표시되어 있었고, 사가는 사람은 양심껏 가격에 맞는 돈을 상자에 두고 오면 되는 곳이었다. 파는 사람과 사는 사람이 보이지 않게 연결되어 꽃을 나누는 일이 근사해 보였다. 시드니 외곽에는 무인 꽃집이 많다고 했다. 김미경 선생님은 졸음 때문에 비몽사몽인 나에게 두 다발의 꽃을 선물해주셨다. 무인 꽃집 앞에서 꽃을 한 다발씩 안고 기념사진을 찍었다. 초췌해진 몰골 탓인지 사진 속 우리의 모습이 촌스럽고 우스꽝스럽게 보였다. 꽃을 든 귀순병歸順兵들 같았다.

잠이 모자라도 얼마든지 생활할 수 있는 JJ와 달리, 잠을 못자면 생활이 불가능한 나는 집을 제대로 둘러보기도 전에 세 시간을 자고 일어났다. 일어나보니 꼭 남의 집에 와 있는 것 같았다고 생각하는 순간, 정말 남의 집이잖아, 하고 생각했다.

집은 넓었다. 마당에는 여러 종류의 나무들과 꽃들이 잘 가꾸어져 있었고, 테니스장과 수영장도 있었다. JJ는 날이 따뜻해지면 수영장에서 수영을 할 수 있을 거라며 기뻐했다. 산통을 깨고 싶지 않아서 수영복을 챙기는 것을 깜빡했다는 말은 하지 않았다. 이 큰 집에서 둘이 생활한다고 생각하니 기분이 묘했다.

글레노리는 넓은 정원을 가진 집들이 모여 있는 주택가였다. 빠른 걸음으로 30분 정도 걸으면 울워스Woolworths라는 대형 마트와 버스 정류장이 하나 나온다고 했다. 시드니 시티와는 한참 떨어진 곳이었다. 우리 양 옆

집에서 말을 키웠는데(후에 말을 탄 옆집 사람이 정원에서 승마를 하는 것을 종종 보았다. 집에서 승마라니!), 그만큼 정원이 넓었다. 다들 정원 가꾸는 일을 목숨처럼 중요시 여기는 것 같았다. 시드니 사람들은 도로와 집 사이에 담 대신 나무들을 심어놓았는데, 폐쇄적이지 않으면서 '열려 있는 경계'를 만든 것이 보기에 좋았다. 땅이 좁아 다닥다닥 붙어살면서, 나무 한 그루 심을 공간은커녕 주차 공간 때문에 골머리를 썩는 우리들과는 대비되는 모습이라 기가 죽었다.

오후에는 산책을 할 겸 30분을 걸어 울워스까지 가보았다. 고기와 과일, 빵과 야채, 와인 등을 샀는데, 고기와 와인값이 싸서 놀랐다. 물건들을 계산대에 올려놓고 기다리는데 직원이 "How are you?"라고 물었다. 혹시 내 몸 상태가 찌뿌둥하다는 것을 눈치챘나 싶어 당황했는데 알고 보니 의례적으로 주고받는 인사라고 했다.

장을 본 물건들이 모두 네 봉지나 되었다. 무거운 짐을 들고 걸어가려니 시드니 땅이 넓다는 생각이 들었다. JJ와 쇼핑한 물건들을 두 봉지씩 나눠 들고 걸어가는데, 차가 쌩하니 지나갔다. 우리는 서로 조심하라고 말하며 걸었다.

잔디가 깔린 넓은 운동장이 나와 쉬어 가기로 했다. 동네 운동장이었는데, 축구장만한 크기였다. 우리는 벤치에 짐을 내려놓고 허리를 폈다. 목이 밀라 통에 담긴 멜론 조각을 나눠 먹었다.

운동장에서 어린아이 네댓 명이 코치에게 크리켓을 배우고 있었다. 방과후 활동으로 보였다. 한쪽에서는 중년 남자가 부메랑을 던지며 놀고 있었고, 다른 한쪽에선 혼자 나온 여자아이가 자기 머리통의 두 배만한 농구공을 튕기며 놀고 있었다. 사람 수에 비해 운동장이 비정상적으로 넓어 보였다.

여자아이는 농구공에 앉아 있기도 했고, 일어서서 주위를 걸어다니기도 했다. 혼자인 상태를 즐기며 심심함을 잘 견디는 것처럼 보였다. 때때로 깊은 생각에 빠져 있는 것 같아 보이기도 했다. 저만한 아이가 커다란 운동장에서 '독립적으로' 놀 수 있다는 점이 좋아 보였다. 스마트폰이나 컴퓨터게임, 친구들이나 엄마 없이 시간을 보낼 수 있는 능력이 신선하게 느껴졌다. 역시 '혼자' 부메랑을 던지고 받던 중년 남자가 우리 쪽을 돌아보며 미소 지었다. 나도 같이 웃어주었다. 월요일인데 이렇게 평화로울 수 있다는 게 놀라웠다. 여유가 느껴졌다. 이런 게 문화 차이인가? 저 아이들은 방과후 학원으로 과외로 뺑뺑 돌며, 각박하게 길러진 아이들과는 다르겠지? '행복'을 쟁취하는 능력에 관해서 분명히 다를 것이다.

시드니에서 첫날. 이곳은 느리고 조용하고 평화로웠다. 나무 아래를 지나다니는 다람쥐처럼 한두 사람만 이따금씩 지나갔다.

ㅇ심심함을 그대로 두세요

"우리가 한 나라를 제대로 볼 수 있는 것은 이런 작은 마을, 평범한 낮과 밤에서 얻은 그런 앎에서다."

—제임스 설터, 『스포츠와 여가』 중에서

시드니에 도착하고 6일 동안, 좀 심심했다. 시드니 외곽에 자리한 글레노리, 올드 노던 로드에서 벗어나지 않고 줄곧 머물렀다. 여독을 풀며 글레노리를 둘러보자는 계획도 있었고, 초반에 해야 할 일들(원고들!)을 처리하고 후반에 느긋하게 즐기겠다는 JJ의 고집 때문이기도 했다. JJ는 '인간 타자기'처럼 무언가를 쓰고 고치고 쓰기를 반복했다. 나는 가끔 떠오르는 생각들을 종이에 끼적였고, 청탁받은 월간지에 보낼 시 두 편을 쓴 일 외에는 딱히 한 일이 없었다. 도착한 다음날, 침실 책꽂이에서 발견한 책 『개를 훔치는 완벽한 방법』을 천천히 읽었고, 집에서 가져온 제임스 설터의 신작 『올 댓 이즈』를 여러 날에 걸쳐 읽었다. 3개월 전 타계한 제임스 설터의 마지막 작품이라 더 애틋했다. 여든이 넘은 제임스 설터가 이 두꺼운 책을 쓰고, 고치고, 쓰고, 고치고, 비로소 탈고하기까지의 모습을 상상해보았다. 원래 내 독서 습관은 대단히 느리고, 또 사색적인 편인데 이 책을 읽을 때는 더욱 사색적이 되었다. 사색적이란 말은 잡생각을 많이 한다는 뜻이다.

이렇게 빈둥대도 되나 싶을 정도로 할 일이 없었다. 집은 넓고 낯설고 이채로워 보였다. 구석구석 주인의 손길이 느껴졌다. 아내가 살림을 편하게 할 수 있도록 남편이 이곳저곳 손봐둔 곳이 보였다. 가령 아일랜드 식탁 옆에 설치해놓은 행주 거치대 같은 것에 눈길이 갔다. 움직일 수 있게 만들어놓은 행주 거치대였다. 거실 바닥에 있는 전기장판 코드가 바닥에 널부러져 있지 않도록, 작은 스툴에 못을 박아 코드걸이를 만들어놓기도 했다. 세심한 부분까지 배려한 손길에 감탄하며 그의 마음을 만지듯, 못머리를 만져보았다.

끼니때가 되면 고기를 굽고 밥을 안쳐 먹었다. 설거지를 할 때는 싱크대 앞에 난 큰 창으로 정원을 바라보았다. 다양한 색의 데이지와 이름 모를 꽃들이 피어 있는 꽃밭과 낑깡을 매단 나무를 보는 재미가 있었다. 서울에서는 벽과 찬장을 바라보며 설거지를 했었는데, 이런 호사가! 설거지를 하면서도 기분이 좋았다. 가끔 싱크대 앞 창가에 죽어 있는 파리를 보았다. 날벌레들은 왜 꼭 배를 뒤집은 채 죽는 걸까. 아이고 나 죽네, 하며 나뒹구는 걸까? 그후에도 파리는 창가에 와서 죽었고, 설거지를 마치면 죽은 파리를 몇 번이나 치워야 했다.

글레노리는 마당이 넓은 저택들이 띄엄띄엄 자리한 것 말고는 특색이 없는 동네였다. 구경할 거라곤 '자연'밖에 없었다. 하늘, 구름, 나무와 꽃들은 끝내줬지만 며칠이 지나자 익숙해졌다. '울워스'라는 대형 마트와 그 옆에 자그마하게 자리잡은 베이커리 카페, 정육점, 우체국, 미용실이 그나마 번화한 곳이었다. 시드니에 소속되어 있는 마을이었지만 시골과 크게 다르지 않았다.

6시만 넘으면 캄캄해졌다. 도로에는 가로등조차 없었다. 실내 조도를 조금 높이고, 밖에서 들려오는 풀벌레 소리를 들으며 맥주를 마셨다. 책을 읽거나 음악을 실컷 들었는데도 시간이 넘쳐났다. 서울에서 태어나 서울에서만 살아봐서일까, 집 앞을 나가도 슈퍼 하나 없다는 사실이 좀 답답했다. JJ는 전원생활을 흡족해했지만 나는 어서 빨리 오페라 하우스를 보고 싶었고, 카페에 나가 커피를 마시며 책을 읽고 싶었다. 나는 어쩔 수 없는 도시 여자인가. 나는 왜 이리 심심한가. 혼자 뾰로통해져 시티를 나가볼 계획을 세우다 낮잠에 빠져들곤 했다. 언제부터 나는 심심한 것을 못 견디게 됐을까?

어렸을 때는 심심함을 잘 견뎠다. 그때는 그게 심심한 시간인지도 몰랐다. 어른들이 모두 나간 집 마당에 앉아, 묶여 있는 '뽀삐'를 바라보거나 일주일째 '싸돌아다니는' 젊은 아버지를 기다렸다. 아버지 방에 들어가면 내 키만큼 쌓여 있는 무협지와 꽁초가 몇 개 남아 있는 재떨이, 아무렇게나 벗어놓은 잠옷 바지 따위가 눈에 보였다. 아버지 방은 피아노가 있는 고모 방이나 책이 많은 사촌 언니 방에 비해 작은 방이었다. 나는 거실에서 놀다가도 그곳에 들어가 동화책 보는 것을 좋아했다. 아버지는 집에 잘 붙어 있지 않았다. 많은 날을 나가 지냈고, 가끔 들어왔다. 아버지가 없을 때는 다양한 목소리의 젊은 여자들이 집으로 전화해서 아버지를 찾았다. 그들은 아버지의 행적을 꼼꼼히 물어보고는 꼭 나에 대해 몇 가지 더 물어보곤 전화를 끊었다. 그때 아버지는 인기가 많았다. 고작 서른 살이었으니까.

아버지는 가끔은 뮤지션, 가끔은 딴따라였다. 방바닥에 오선지를 펼쳐 놓고 음악을 들으며 음을 따거나(채보) 무언가를 끼적일 때는 뮤지션이었고, 밤무대에 나가 오르간을 연주할 때는 딴따라였다. 나는 뮤지션일 때의 아버지를 좋아했다. 아버지가 나가는 게 싫었으니까. 아버지가 없을 때는 방에 누워 아버지 냄새를 맡으며(나중에 담배 냄새로 판명된), 누워서 동화책을 읽었다. 가느다란 종아리를 허공에서 흔들어보기도 하고, 옆으로 떼굴떼굴 굴러다니다 꽁초가 쌓여 있는 재떨이를 엎기도 했다. 간만에 아버지가 돌아오면, 거머리처럼 찰싹 달라붙어 그간에 있었던 일을 종알대곤 했다. 집에 돌아온 아버지는 옆으로 길게 누워 몇 시간이고 무협지를 읽었다. 마른 오징어를 나와 나눠 먹으며 히히덕거리기도 했다. 나는 아버지 옆에서 그림을 그리거나 졸았고, 마론 인형의 머리를 묶었다 풀며 시간을 보냈다.

지금 생각해보니 그때 난 종일 심심했던 것 같다. 식구들이 아침 일찍 나가고 나면 데려다줄 사람이 없다는 이유로 유치원에 자주 결석했다. 유치원에서 걸려온 전화를 받아 "지금 나를 데려다줄 사람이 없으니 오늘도 유치원에 갈 수 없어요"라고 똑부러지게 말하던 것이 기억난다. 혼자 집에 남은 나는 달리 할 일이 없었다. 인생 이력이 짧았음으로 꿈꿀 수 있는 세계 또한 작았다. '과거', 혹은 '경험'의 총량을 합해봤자 6, 7년 정도가 전부였으니 재미있는 일을 계획할 역량도 부족했다. 나는 집안에 갇힌 '조금 영특한' 돌고래의 처지와 다를 게 없었다. 이상한 소리를 내며, 바다를 그리워하는 돌고래.

가끔 1층에 세 들어 살던 새댁 아줌마에게 놀러갔지만, 대문 밖으로 나가 노는 것은 금지된 일이었다. 새댁 아줌마는 어린 나를 붙들고 주인집의 소소한 일들을 캐묻거나, 흉잡을 일들(가령 고모랑 고모부 사이의 일이나 싸돌아다니는 나의 아버지에 대해)에 대해 듣길 원했다. 나는 우리의 대화가 은밀하고 중요한 것이며, 둘 사이의 암묵적인 비밀이라는 것을 직감적으로 알았다. 나는 그녀가 궁금해하는 것에 대해 '모조리' 말해줬다. 물론 내가 아는 한에서. 누군가 관심을 갖고, 내 얘기에 귀를 기울이는 것이 기뻤다. 새댁 아줌마 외에는 내 얘기를 중요하게 여기는 사람이 없었다. 몇 가지 이야기는 억지로 지어낼 수밖에 없었는데 더이상 할말이 생각나지 않으면, 아줌마는 냉정하게도 이제 그만 건너가보라고 말했기 때문이다. 아줌마는 인형 눈깔을 붙이거나 나물을 다듬으며 내 말에 귀를 기울였고, 궁금하지 않은 것처럼 가장했다. 나는 관심을 받는 것이 퍽 좋았다.

사촌 언니가 학교에서 돌아올 시간이 되면 나의 심심함도 끝이 났다. 새댁 아줌마와의 일은 비밀이었다. 잘못해서 뭔가를 말하게 되면 어른들은 여지없이 '주책바가지'라는 소리를 했기 때문이다. 어린 나이에도 나는 '주책'이라는 말과 '바가지'라는 말이 어우러지면 기분 나쁜 의미를 형성한다는 것을 파악했다. 정확한 뜻은 몰라도 뭔가 타박하는 말, 빗자루처럼 까칠까칠한 느낌을 주는 말이라고 생각했다. 나는 숙제하는 사촌 언니 옆에서 동화책을 필사하거나 동시를 외웠고, 아이스크림을 먹었다. 행복하진 않았지만 불행하지도 않은 시절이었다.

어린 시절 이후 얼마 만인가? 심심함이란 감정. 나는 온갖 잡다한 생각이 들기 시작했다. 이곳 시드니의 자연은 왜 이리 광대한가, 식자재는 한국에 비해 왜 색이 진하고 싱싱한가, 계란 노른자는 더 샛노랗고, 양파는 작지만 더 단단하고, 고기는 며칠을 냉장 보관해도 핏물이 전혀 나오지 않은 채 단단한 육질을 보존하는가. 이런저런 생각에 골몰했다. 토양이 달라서일까, 농업 기술이 더 발달했나. 소는 어떻게 키우는 걸까. 소 한 마리를 키우기 위해 갖춰야 할 대지 면적이 있다는데, 넓은 벌판에서 자유롭게 풀을 뜯어먹고 사는 호주의 소들은 얼마나 평화로울까. 가축들도 팔자가 있는 것일까. 심심하니 별생각이 다 들었다.

이런저런 생각을 하다 아래층에 내려가보았다. 그곳에 피아노가 있었다! 집주인인 윤희경 선생님이 결혼 전부터 갖고 있던 피아노라고 했다. 30년도 더 된 피아노 앞에 앉아보니 기분이 새로웠다. 어렸을 때는 연주한 횟수만큼 악보 위에 사과를 그려넣었다. 사과를 열 개 그릴 때까지 나오지 말라는 얘기를 들으면, 한 번에 사과를 두 개씩 그려넣고 딴짓을 하기도 했다. 의자에 앉으면 발이 바닥에 닿지 않았다. 다리를 앞뒤로 흔들며 사과를 그리던 생각이 났다. 피아노를 치지 않은 지 20년도 더 넘었다. 체르니 40과 바흐 인벤션, 베토벤 등을 연습했었는데, 전혀 기억이 나지 않았다.

나는 피아노 소곡집을 꺼내 연주해봤다. 처음에는 오른손만. 다음에는 왼손만. 그다음에는 양손을 같이. 글을 처음 읽는 아이처럼 느렸고 더듬거렸으며, 자꾸 틀렸다. 그러다 조금씩 비슷하게 소리가 나기 시작했다. 예전에는 악보를 보고 어떻게 왼손과 오른손을 동시에 연주했을까? 오른손은 높은음자리를 따라야 하고, 왼손은 낮은음자리를 따라야 하는데 이제는 그것을 즉각적으로 받아들이기 어려웠다. 손이 굳어 움직이지 않았다. 하지만 자전거나 수영처럼, 몸으로 익힌 것은 어딘가에 남아 있는 법. 손가락이 조금씩 기억을 떠올리기 시작했다. 독일 가곡 몇 가지를 연주하고 나니(듣는 사람은 괴로울 테지만, 어차피 들을 사람이 위층의 JJ밖에 없어 맘껏 더듬거리며 연습했다) '옛날'이라는 시간이 한꺼번에 되살아났다. 잃어버린 시간들!

심심함은 옛날을 눈앞에 불러내기도 하고, 잊고 지냈던 어떤 '능력'을 되살려내기도 한다. 무엇보다 뭔가를 만들어내게 한다. 어린 시절 새댁 아줌마 앞에서 우리집 이야기를 '부풀려' 지어냈듯이, 이야기를 지어내게도 하고 피아노를 치게도 한다. 평소에 하지 않았던 생각들을 하게 만든다. 결국 심심하다는 것은 쓸 수 있는 시간이 많다는 것이다. 쓸데없는 것을 맘껏 할 수 있는 시간, 모험을 할 수 있는 시간! '시간이 없어서'라는 말을 그동안 얼마나 많이 해왔던가. 시간이 많아서, 심심해서, 빈둥거릴 수 있다니!

심심함이야말로 인생을 사는 데 가장 필요한 감정이다. 심심하지 않으면 나는 의무적으로 해야 할 일, 처리해야 할 일들 속에서 낡아갈 테니. 심심해 못 견디겠는 사람들이여, 심심함을 그대로 두세요! '심심해'라는 말은 미래에 사라질지도 모르니까, 심심함을 잘 보존해야 합니다!

ㅇ저는 당신 집에 있습니다

봄입니다. 시드니에서 첫 봄이네요. 생에 처음 맞는 봄인 듯 데면데면 합니다. 꽃과 나무의 형태가 다르고, 볕과 바람의 질감이 달라서일까요? 다소 어리둥절한 채 봄을 맞고 있습니다.

여행은 어떠셨나요? 유럽 여행을 마치고, 이제 한국에 도착하셨겠지요? 저는 잘 지냅니다. 당신 없이, 당신 집에서요.

이곳에서 산책을 많이 합니다. 시드니 외곽으로 갈수록 날것 그대로의 자연을 볼 수 있어 좋습니다. 건강하고 힘센 존재로서 자연을 느낄 수 있었어요. 한국의 봄꽃들이 소담스럽고 아기자기하다면 시드니의 꽃들은 선이 굵고 색이 선명하네요. 나무 이파리도 한국의 초록보다 어딘가 모르게 거칠고 강하다는 생각이 들었습니다. 한눈을 팔다 주위를 둘러보면, 봄이 아니라 꼭 가을처럼 느껴지더군요.

오늘도 점심을 먹고 나서 긴 산책을 했습니다. 묘목을 키우는 농가들을 지나, 정원이 비행장만큼 널따란 집들을 구경하며 꽤 멀리까지 나가보았지요. 바람이 거센 날이라 되돌아가고 싶었지만, JJ는 자꾸 더 걸어보자고 했습니다. 바람에 꺾여 나뒹구는 나뭇가지들이 발끝에 채이기도 하고, 머플러가 풀려 펄럭이기도 했습니다. 바람 소리가 마치 거대한 트럭이 달려오는 소리처럼 들렸어요. 겁이 나서 몇 번이나 돌아보았지만 달려오는 차는 없었습니다. 거리는 한산했고 을씨년스러웠어요.

도시에 부는 바람은 기껏 사람의 옷자락을 휘날리게 하거나 빌딩숲에 부딪혀 허공에 맴도는 소리를 만들어내지만, 시드니 외곽의 바람은 좀 달랐어요. 자연과 한몸이 되어 부는 바람, '불어올 것이 많은' 바람인 것 같았어요. 뭔가 대단한 것들이 한꺼번에 불어올 것 같아, 주위를 두리번거리게 되는 바람이요. 글레노리 주변을 한 시간 반가량을 걸었는데, 궂은 날씨 때문에 무서웠답니다. JJ는 시드니에서는 얕게 심어진 나무들이 간혹 뿌리째 뽑혀 쓰러지기도 한다고 겁을 주었습니다. 농담하지 말라고 했는데, 정말이라고 하더라고요. 다행히 그렇게 불운한 나무는 만나지 않았습니다.

한국의 가을은 어떤가요? 며칠 있으면 추석인데, 아직 덥다는 소식이 들리더군요. 여름이 완전히 꺾이지 않은 초가을 날씨인가요? 그래도 아침저녁으로는 제법 기온이 내려가겠지요? 봄과 가을은 비슷한 듯 다른 얼굴로 찾아오지요. 계절의 몸피와 드리우는 공기가 마치 우리 상황처럼 느껴지네요. 어쩌다보니 당신과 제가 살던 곳을 바꿔, 당신은 서울에 저는 시드니에 있게 되었으니까요. 오랫동안 여름 다음에 당연한 듯 가을을 겪어오다, 별안간 봄을 만나게 되어서인지 이 봄이 자꾸 '가을'처럼 느껴져요. 이상하죠. 몸이 착각을 하는 것인지, 아니면 관성에 따라 슬쩍 나를 속이려는 것인지 모르겠어요. 여름 다음은 가을이야, 라고 우기는 지점이 몸 어느 곳에 있는 듯하네요.

당신과 저, 그리고 JJ. 재미있는 인연이라고 생각합니다. 당신의 선의 덕분에 이렇게 멀리서, 주인도 없는 집에 머물게 되었으니까요. 타인의 집을 내 집처럼 누리며 일정 기간을 지내게 되는 일이 흔한 경험은 아니잖아요. 게다가 이 집은 당신과 당신 남편께서 직접 설계하여 지은 집이고, 곳곳에 두 분의 손때가 묻은 집이라 특별하게 느껴져요.

저희는 입구에서 왼쪽 맨 끝에 있는 방을 침실로 쓰고 있어요. 바로 옆방(기다란 책상이 놓여 있고, 작은 침대와 간이 소파, 탁자 등이 놓여 있는 곳)은 작업실로 함께 쓰고 있습니다. 책상이 커서 책들을 쌓아놓고 보기에도, 두 사람이 각각 노트북으로 뭘 끼적이기에도 불편함이 없습니다. 우리들의 미니 도서관이라고 부르고 있어요.

당신 집에서 제가 자주 머무는 곳 중 하나는 부엌입니다. 넓고 깨끗하고 평화로운 곳이에요. 찬장과 서랍에는 당신이 아끼는(그렇게 느껴졌어요!) 크고 작은 그릇들, 냄비와 프라이팬들, 그 밖의 다양한 주방도구들이 정리되어 있고, 수납장과 같은 무늬로 덮여 있는 커다란 냉장고에는 저희를 배려한 밑반찬들이 가득 들어 있었습니다. 첫 주에는 당신이 준비해주신 사골국과 우거지해장국, 장조림, 도라지무침, 깻잎 등의 반찬을 얼마나 달게 먹었는지, 이곳이 서울인지 시드니인지 분간이 안 되었지요. 주인 없는 집에서 냉장고에 가득찬 음식들을 이렇게 먹어도 되는 거냐며, 우리는 키득거렸습니다. 밑반찬이 많았기 때문에 울워스에서 고기와 과일, 우유 정도만 사와도 충분했지요. 당신은 두 달 후에나 돌아온다며 있는 것은 모두 찾아 먹으라고 말씀하셨지만 정말 이렇게 잘 먹어도 되는 걸까요? 괜히 부끄럽네요. 지금까지도 깻잎과 오이지, 무, 김치 등이 남아 야금야금 잘 먹고 있어요. 오늘은 며칠 전 한인 마트에서 사온 김치에 돼지고기를 조금 잘라 넣고, 김치찌개를 끓였습니다. 100퍼센트 호주 콩으로 만들었다는 두부도 썰어 넣었는데 단단하고 속이 꽉 찬 두부가 맛있었어요. 둘이서 머리를 맞대고 찌개를 얼마나 맛있게 먹었는지, 우린 역시 한국 사람이야, 하고 말하며 웃었지요. 참, 여긴 소고기와 돼지고기의 질이 좋고 가격도 싸서 매일 스테이크를 만들어 먹고 있어요. 미소된장국, 토마토 스파게티, 감자볶음 같은 것을 해 먹으며 아주 잘 지낸답니다. 물론 시티나 시드니 외곽에 나갈 때면 음식점에서 훌륭한 음식을 먹고 오기도 하지만 거의 해 먹습니다. 저희는 당신 집에서, 당신의 도마 위에서 만들어 먹는 요리가 제일 맛있다고 여러 번 말했답니다.

오후에는 탁 트인 하늘과 숲이 보이는 베란다에 나가 몸을 녹입니다. 해가 좋을 때는 실내보다 실외가 따뜻하더라고요. 커피를 한 잔 들고 나가 멍하니 앉아 있기도 하고, 책을 읽다 볕에 그을려 뜨거워진 얼굴을 해서 들어오기도 합니다.

이곳에 당신은 없지만 실은 곳곳에서 당신을 봅니다. 소파에 놓인 방석과 쿠션들, 식탁 위에 가지런히 놓인 커피용품과 꿀, 시럽, 액자와 소품들, 화장실을 장식한 꽃들, 바구니에 쌓여 있는 귤과 오렌지. 곳곳에서 당신을 느낍니다.

누군가에게 집을 빌려준다는 것은 어떤 기분일까요? 삶의 속살을 보여주는 것이고, 사적인 영역을 공유하는 일일 텐데요. 지금 이 글도 당신이 여러 번 만지고 닦았을 테이블 위에서, 당신의 의자에 앉아 쓰고 있습니다. 테이블 한쪽에는 당신이 어딘가에서 사왔을, 금장으로 장식된 기사가 서 있고요. 저 기사는 당신이 없어도 칼과 방패를 내려놓지 않고 있네요. 여전히 늠름하니 걱정 마세요.

오늘 저녁 당신은 서울 광장에서 열리는 클래식 음악회를 즐기고 있다고 소식을 보내오셨습니다. 서울시청, 2호선 지하철역 근처의 풍경, 시끌시끌한 사람들, 모두 눈앞에 그려집니다. 광화문에서 시청 광장까지 자주 걸어 다녔으니까요. 떠나오니 서울이 참 아름다운 도시라는 생각이 듭니다.

이곳 시드니에서 제가 행복한 것만큼,
서울에서 보내는 당신의 시간도 편안하고 행복하시기를.

ㅇ구름은 흐르고 옥수수는 젊다

이곳에서 내가 가장 좋아하는 곳은 2층 베란다다. 눈앞에는 뒤뜰과 수영장이 보이고 멀리 글레노리의 울창한 숲과 산이 보인다. 산등선이 편평하고 산세가 험하지 않아, 보고 있으면 마음이 편안하다. 어둠이 내리면 산의 윤곽이 짐승의 엎드린 등처럼 보인다. 갸르릉거리는 숨소리가 들릴 것 같다.

봄인데, 마음은 이미 봄을 보낸 것 같다. 가을을 코앞에 두고 떠나와서일까? 온 산이 단풍들 것만 같다. 무엇이 봄과 가을을 나누는 걸까. 꽃 피는 것과 잎 물드는 것, 낙화와 낙엽, 따뜻한 바람과 선선한 바람, 낮이 길어지는 시간과 밤이 길어지는 시간. 봄과 가을을 나란히 놓고 오가는 생각들로 마음이 소란하다.

시드니의 봄을 깔고 앉아 서울을 생각한다. 휴대전화로 〈봄날은 간다〉 OST를 들으며 몇 달 전 서울에서 쓴 일기를 보니 이렇게 적혀 있다. "해야 할 일들이 쌓여 있는 봄날. 책상 위로 쏟아지는 햇빛이 사물을 덮칠 때 사물에서 흘러내리는 그림자나 구경하고 있다." 그 아래에는 처리해야 할 일들 목록이 아홉 가지나 적혀 있다. 그중 여덟 개의 항목에 해결했다는 뜻의 밑줄이 그어져 있고, 한 가지는 끝내 해결하지 못한 채로 남아 있다. 그 일에 대해 잠시 생각해본다. 다 잘할 수는 없지, 할 수 있는 만큼만. 이걸 생활신조로 삼아야겠다. 그래야 오래 살 것 같다.

음악은 계속 흐른다. "연분홍 치마가 봄바람에 휘날리더라" 이 대목, 이때의 우리 정서가 좋다. 영화 〈봄날은 간다〉의 한 장면처럼 떠나는 할머니의 뒷모습을 상상해본다. 연분홍 치마를 입은 할머니가 옷고름을 손으로 누르며, 고무신을 신고 걸어가는 풍경. 걸을 때마다 사각이는 소리(한복은 소리가 들리는 옷이다). 그 뒷모습에서 가는 봄날을 읽고, 삶의 비의悲意를 눈으로 새겨보는 것이다. 우리 할머니도 작년 봄, 벚꽃이 흐드러지게 피던 날 돌아가셨다. 그때 고모는 "엄마는 팔자도 좋으셔. 가실 때도 꽃이 활짝 피는 봄날이라니" 하며 아리송한 말을 했지만, 고모의 속내는 알 길이 없다.

연분홍 치마와 고무신이라니, 이곳은 시드니인데! 눈앞에는 시드니의 초봄이 활짝 열려 있다. 봄 냄새! 공중에서 두 마리 새가 몸을 부딪쳐 '퍼드득' 소리를 내더니 서로 딴 곳으로 날아간다. 하이파이브 같은 걸까? 이곳에는 온갖 종류의 새들이 날아다닌다. 가만히 보고 있으면 새들이 연애하는 풍경도 볼 수 있다. 서로 쫓고 쫓기면서 날아오르는 연애쟁이들. 새벽 5시에는 족히 백 마리는 넘을 것 같아 보이는 새들이 시끄럽게, 각양각

색의 소리로 짖어댄다. 눈을 뜨고 일어날 수밖에 없다. 살아났다고, 밤새 안녕했는지 안부를 주고받는 걸까? 요란스러운 인사다.

지붕 위에서 베란다 바닥으로 무언가 툭, 떨어진다. 자벌레다. 징그러워 뒤로 물러섰는데 들여다보니 동작이 퍽 느리고 귀엽다. 어떻게 움직이나 봤더니 나무 바닥 틈새로 몸을 구겨넣는다. 힘겹게, 겨우 나무 틈새로 들어가 눈앞에서 사라진다. 잘못 떨어졌구나, 낭패야 낭패, 중얼거리며 도망친 것 같다. 자벌레가 사라지자 손가락 길이만한 도마뱀이 튀어나온다. 나를 보더니 재빨리 도망친다. 걸음이 얼마나 빠른지 왈츠 스텝으로 '미끄러지듯' 사라진다. 저도 놀랐겠지만 나도 놀랐다. 다들 나를 보고는 도망가기 바쁘군. 생각해보니 눈앞에서 도마뱀을 본 것이 처음이다!

하늘은 낮고, 구름은 가깝다. 나뭇가지에 걸릴 것처럼 낮게 낮게 내려앉은 구름들. 뜰채로 건져놓은 안개 뭉치 같기도 하고, 동화 『푸른 수염의 사나이』에 나오는 사내의 푸른 수염 같기도, 동물의 파열된 근육 뭉치 같기도 하다. 하늘이 맑아 구름이 숨을 곳이 없어 보인다. 드러난 구름들! 구름들의 실체, 하늘의 민낯—. 풍경에 대고 이런저런 이름을 붙여보다 잠깐 고개를 드니 작은 구름 두 덩이가 사라졌다. 구름 있었던 자리가 깨끗하다.

울워스에서 사온 옥수수 세 개를 쪄서 베란다로 나온다. 옥수수를 함께 먹자고 JJ도 부른다. 김이 나는 옥수수. 나는 신이 나서 떠든다. 옥수수 세

개를 어떻게 삶았느냐면, 냄비에 옥수수 세 개와 물을 넣고 끓이다 설탕과 소금도 적당히 치고, 뚜껑을 닫고 15분을 기다렸지! 젓가락으로 찔러보니 물렁물렁해진 거야, 이 알맹이들이! 한 알 떼어 먹어보니 잘 익었더라고요! 나는 즐거워서 괜히 호들갑이다. 접시에 담아온 옥수수를 한 입씩 먹어보는데 설익었다! 나는 호들갑 떤 게 무색해져 옥수수를 들고 안으로 사라진다. 옥수수를 냄비에 넣고 다시 기다린다. 그사이 서울에 있는 남동생에게 전화가 와서 통화를 한다. 냄비가 달그락거린다. 집안을 가득 채우는 옥수수 냄새. 10분은 족히 지난 것 같아 통화를 마치고, 다시 옥수수를 건져올린다. 먹어본다. 알갱이가 덜 익었는지 씹을 때마다 물이 튀고 지나치게 탱글탱글하다. 안 익었네, JJ는 옥수수를 내려놓는다.

시드니 옥수수들의 반항이란! 너희들 이렇게 말 안 들으면 옥수수 털어버린다, 응? 속으로 이런 시시한 생각이나 하며, 최후의 방법으로 옥수수를 몽땅 밥통에 넣어버린다. 얼굴이 노랗게 질린 옥수수들. 좀 익어라 익어, 이 젊은이들아!

시간이 지난 뒤, 밥통에서 푹 익었기를 기대하며 옥수수를 꺼내 먹어봤다. 세상에! 옥수수는 여전히 속이 탱글탱글, 씹을 때마다 물이 튄다. 며칠 뒤 이곳 옥수수는 원래 식감이 그렇다고 누군가 알려주셨다. 시드니의 옥수수들이야말로 진정으로 젊다! 화기火氣도 온기溫氣도 시드니 옥수수의 넘치는 기운을 막을 수는 없으니, 이봐요 JJ. 내가 설익힌 게 아니라고요!

ㅇ그놈의 'flat white'

시드니에 와서 가장 많이 한 일이 독서다. 낯선 곳을 둘러보다 시뜻해지면 책을 펼쳐 읽었다. 때로 사람들이 많이 지나다니는 카페나 백화점 푸드 코트에서도 책을 읽었다. 사방에서 들려오는 외국어(호주에는 다양한 이민자들이 살아서 영어, 중국어, 베트남어, 한국어 등을 쉽게 들을 수 있다)를 음악 삼아, 한글로 된 책을 읽었다. 책 표지에 박혀 있는 한글이 모양 자체로 또렷하고 선명하게 느껴졌다. 주위 사람들과는 별개로 혼자, 떠나온 세계와 연결되어 있는 것 같아 좋았다. 외국에 나오면 애국자가 된다더니 한글에 대한 애착이 생겼다. 나는 한글이 박혀 있는 에코백을 자주 메고 다녔다. 세상에서 가장 아름다운 형태의 문자를 자랑하고 싶었다. 타지에 나와 느끼는 바가 있었기 때문이다. '언어가 곧 권력'이란 사실이다.

한 나라에서 통용되는 언어를 자유롭게 구사할 수 있다는 것은 장소를 누리는 첫째 권력으로 작용한다. 권력이라는 말이 좀 과장되게 들릴 수도 있지만, 실제로 체감 정도가 그랬다. 언어는 '자유로운' 권력이다. 언어를 제대로 구사할 수 있다면 대부분의 장소에서, 많은 사람들 앞에서 곧 란해지거나 당황할 염려가 없다. 영어를 못하던 이민자들도 언어를 습득한 후에는 무시당하는 일이 현저히 줄었다고 한다.

시드니에서 언어 때문에 당황했던 적이 몇 번 있었다. 한번은 버스에서 기사가 'nine dollar'라고 하는 말을 못 알아들었다. 기사의 발음은 내가 아는 '영어 숫자'에는 없는 것이었다. 나는 알아듣지 못해 버스비를 내지 못한 채 서 있었고, 뒤에는 기다리는 사람이 많았다. 땀이 났다. 기사와 나는 서로 답답해했다. 들고 있던 돈을 몽땅 넣어버릴까, 고민하는 사이에 앞자리에 앉은 피부색이 검은 남자가 내게 '나인'이라고, 발음을 알려주었다. 내가 당황했던 이유는 기사의 발음이 '논, 넌, 언' 이런 식으로 들렸기 때문이다. 나중에 김미경 선생님과 이야기를 해보니, 이민 와서 초기에 선생님도 같은 경험을 한 적이 있다고 하셨다. 또 한번은 '피시 앤 칩스'를 시켰는데, '피시' 발음을 너무 작게 했는지, 칩스(감자튀김)만 한 바구니 나왔다. 나는 '피시 앤 칩스'를 주문한 거였다고 항의할 힘과 자신이 '동시에' 없었기 때문에 목이 메이도록 감자튀김만 먹었다.

어느 날은 커피를 'take away'하기 위해 주문하는데, 그놈의 'plat white'가 문제였다. 주문하기 전에 잘해보려고 머릿속으로 여러 가지를 생각했다. 중학교 때 배웠던 것처럼 화이트라고 발음하면 안 되겠지, 와이트라고 말하자, 이렇게 다짐하고 "플랫 와이트, 플리즈"라고 했는데 점원이 생전 처음 들어보는 외계어라는 듯 과장된 제스처를 보이며 무슨 소리냐고 물었다. 나는 당황했지만 태연한 척하며, 다시 '플랫 와이트'라고 천천히 발음했다. 점원은 양팔을 들어올리며 옆에 있던 다른 점원들을 이쪽으로 불러모으고는 나를 '문제적 손님' 대하듯 바라보며, 얘가 뭐라고 하는지 들어보라고 했다. 이때부터다. 내 얼굴은 뜨겁고 열렬하게 불타오르기 시작했다. 불타는 고구마와 터질 것 같은 홍시의 중간 단계 즈음 되는 얼굴로 땀을 흘렸다. 외국인 세 명이 나를 바라보고 있었다. 못되게 생긴 젊은 여자애들이 이 키 작은 동양애가 무슨 엉뚱한 말을 뱉어내나 관찰하겠다는 듯이 나를, 그리고 나만 쳐다보았다. 저쪽에서 테이블에 앉은 JJ가 안 듣는 척하며, 이쪽 상황을 주시하고 있었다. 물론 도와주지도 않고. 나는 주눅 든 목소리로 이번에는 '플래트 화이트', 다시 '플래트 와이트'라고 발음해보았다. 그들의 반응은 더 심각해졌다. 나를 비웃는 것처럼 느껴졌다. 그나마 착해 보이는 점원 하나가 귀를 내 입술 앞까지 갖다대며 'what?' 하고 물어줬고 나는 마지막이라고 생각하며 빠르게 '플랫 와잇' 하고 발음해보았다. 그제야 알아들었다!

향이 진한 '플랫 와잇'을 들고 자리에 앉았지만 내 영혼은 창피와 당혹으로 점철되어 너덜너덜해진 채였다. 커피가 입으로 들어가는지 코로 들어가는지 모를 맛이었다. 키가 30센티는 줄어든 기분에, 못생긴 원숭이가 된 것 같았다. JJ를 노려보았지만 끝내 그는 아무것도 모른 척했다. 지금 와서 생각해보니 첫번째 점원이 부러 과장되게 반응하며, 동양 애를 놀리려고 했던 것 같다. 그후 다른 곳에서 두 번 더 '플랫 화이트'를 주문해 마셔봤는데, 재빨리 말하니 문제없이 알아들었다.

어쩌면 그곳에서 나는 영어를 똑 부러지게 구사하는 유치원생보다도 더 '어린애'처럼 보였을지도 모르겠다. 토지문화관에 있을 때, 외국 작가들과의 일들이 생각난다. 외국 작가들에게 한국어를 가르쳐준다며, 우리(한국 작가들)의 태도가 어땠는지! 마치 어린아이를 다루듯이 이것은 '밥'이라고 해, 밥! 따라해봐 '젓가락', 이것은 '막걸리'! 우리도 모르게 말을 막 배우는 어린아이 다루듯 대하지 않았던가. 자기 나라로 돌아가면 그들도 희곡과 소설을 창작하는 작가인데도 말이다.

언어는 힘이다. 억울한가? 그렇다면 좀 제대로 배워야겠다.

ㅇ와인 한 병이 누워 있다

그 밤 내가 와인 한 병이 되어 누워 있었던 까닭을 설명할 수는 없다. 노래 가사처럼 "누구라도 그러하듯이" 그날 좀 울적했고, 상황이 안 좋게 흘러간다고 느꼈다. 작은 일로 JJ와 다퉜다. 그렇지만 우리가 작은 일에 대해 말할 때, 그 안에는 좀더 근본적이고 다양한 '문제'가 쌓여 있는 법이다. 병의 원인이 단 한 가지가 아닌 것처럼. 몇 개의 이유들이 쌓이고 얽혀 '병'이란 실체로 드러나는 것처럼.

물론 우리가 자주 싸우는 커플은 아니다. 동갑내기 커플들이 티격태격하듯, 시시콜콜한 말다툼은 하지 않는다. 우리는 서로의 단점을 잘 알고 있다. JJ는 예민하고 까다로운데다 푹 쪄낸 임연수처럼 잘 부스러지는 내 성격을 알고 맞춰주는 편이다. 나 역시 고집스럽고 자존심이 세며, 약간은 자기중심적인 그의 성격(특히 일에 관련해서)을 존중한다. 우리는 웬만해선 싸우지 않는다. JJ는 잔소리라면 질색을 하고, 나 역시 잔소리하기라면 질색을 하니까.

우리가 싸울 때는 어떤 근본적인 문제를 두고 싸우는데, 아마도 다른 연인들과 비슷한 문제들일 것이다. 싸우려는 자는 결국 자신의 '행복'을 위해 싸우는 것이다. 이봐요 당신. 내가 사랑하고 있고, 나를 사랑한다고 말하는 당신. 내가 좀더 행복해지기 위해서는 당신이 이렇게 해주어야 하지 않겠습니까? 이런 식이다. 그러므로 연인 간의 싸움이라면 특별히, 제대로 겪고 치러내야 한다. 서로의 행복을 위한 일이니까. 문제가 있어도 싸우지 않는 커플이 위험하다. 싸우지 않는 커플은 문제를 해결할 의지가 없는 것이고 죽어가는 나무처럼 조용히, 조갈 속에서 칙칙하게 썩어갈 뿐이다.

JJ는 싸우는 동안 절대로 먼저 미안하다고 말하지 않는다. 자신이 잘못했어도 미안해하는 법이 없다. 냉랭한 콧김을 내뿜으며 침묵하는 옆모습을 보고 있으면 어쩌면 저렇게 못됐을까, 혀를 차게 된다. 하늘이 갈라진다 해도 그가 미안하다며 먼저 고개를 숙이는 일은 없을 것이다. 실제로 미안한 마음에 눈빛이 누그러지고, 마음이 언 떡 녹듯 말캉해질 때조차 그렇다. 변절은 어림도 없다고 생각하는 독립투사처럼 고개만은 숙이지 않는다. 그의 뻔뻔함에 맙소사! 하고 내가 외치면, JJ는 이렇게 말한다. "그런데 왜 자꾸 맙소사라는 말을 하는 거야, 그게 어떤 뜻인지 알아? 신을 부르는 소리야. 주여, 그리 마시옵소서. 이런 뜻이라고." 그러면 나는 눈을 동그랗게 뜨고 대답한다. "오, 정확히 내가 하고 싶은 말이 그거예요! 주여, 그리 마시옵소서!" 뭐 말이라면 나도 어디 가서 지지 않는 편이다.

보통은 내가 불만을 말하는 편이다. 왜냐하면 JJ는 크게 바라는 게 없는 편이고, 나는 바라는 게 많은 편이니까. 가령 JJ는 집을 어지르고 싶어 하는 사람이고, 나는 어지르다가도 정신을 차리고 좀 치우길 바라는 사람이다. 그러나 슬프게도 나의 JJ는 좀처럼 '치우고 싶어하지 않는 성미'이기 때문에 '문득' 치우고 싶은 생각이 든 내가 치우게 되는 것이다. 나도 누구 못지않게 청소를 싫어하고 지저분하기로 치자면 만만치 않은 사람인데도, 그에게는 언제나 패배한다. 정말이다. 청소를 좀 하자고 하면 JJ는 그냥 두라고 한다. 자기가 나중에 치운다고. 처음에는 믿었다. 좋지! 그렇게 해준다면. 그러나 그가 말하는 '나중'이라는 기간은 한 달이 되기도 하고, 두 달이 되기도, 장담하건대 1년이 될 수도 있다. JJ에게는 그럴 능력이 있다. 그러니 우리집 청소 당번은 JJ인데도(내가 정해놨다), 언제나 내가 한다. 정말 억울하다.

그날도 그 비슷한 이유로 우리는 다퉜다. 나는 화가 나서 입이 5센티미터는 나온 채, 점심으로 먹을 스테이크를 굽고 있었다. 내 꼬라지를 보더니 JJ는 외투를 입고 잠깐 나갔다 온다며 나가버렸다. 시드니에 와서 처음이다. 그날 우리는 아침으로 작은 크루아상 몇 개와 홍차를 마셨을 뿐이었다. 나는 걱정이 돼서 밥을 먹고 나가라고 불렀지만 그는 대답하지 않고 걸어나갔다. 나는 굽던 스테이크를 불에서 내리고, 식탁 위에 올려놨던 밑반찬의 뚜껑을 천천히 닫았다. 음식을 냉장고에 하나씩 집어넣고 소파에 앉았다. 시드니의 먹구름들이 몽땅 내 머리 위로 몰려든 것 같았다. 배가 고팠지만 아무것도 먹고 싶지 않았다. 내 기분과 딱 맞는 제목인

『파리의 우울』을 들고 테라스로 나가 앉았다. 책을 펼쳤지만 내용이 들어오지 않았다. 보들레르에게 별 이유도 없이 화가 났다. 책을 덮었다. 햇살이 뜨거웠고, 구름은 마당으로 떨어질 것처럼 낮게, 낮게, 낮게 내려와 흘러다녔다. 어쩌면 이렇게 하늘이 낮을까. 구름을 발로 뻥 차 날려버리고 싶었다. 심술이 났다.

테라스에 앉아 이 집에서 가출하는 상상을 했다. 내가 가출한 것을 알면, 시드니에서 휴대전화도 없이 어딘가로 떠나버린 것을 알면 JJ는 얼마나 애가 탈까. 밤에는 혼자 펑펑 울지도 몰라. 나에게 화낸 것을 후회하겠지, 이런 상상을 하니 고소했다. 어릴 적 어른들이 내 말을 안 들어주거나 혼을 내면 곧잘 하던 나의 '장례식' 생각과 비슷한 것이다. 나는 어른들이 '(소소한) 부탁을 들어주지 않아 죽어버린' 어린 나를 관 속에 누이고, 통곡을 하며 후회하는 모습을 틈날 때마다 상상했다. 얼마나 흡족하던지! 그런데 그때 버릇이 별안간 튀어나오다니, 버릇은 역시 고치기 힘든 것이로군.

실제로 옷을 갈아입고 배낭에 간단하게 짐을 싸기도 했다. 그러나 시티에 아직 한 번도 나가본 적이 없어 망설여졌다. 집에서 40분을 걸어야 버스 정류장이 나오고, 버스를 두 번이나 갈아타야 시티에 갈 수 있는데, 며칠 뒤 JJ와 같이 나가보기로 했었다. 혼자 길을 찾아 나가볼까, 내가 지금 나가면 우리 사이가 심각하게 나빠지진 않을까, 모처럼 시드니까지 와서 남은 날들이 끔찍해지는 게 아닐까, 그래도 나는 독립적인 여자니까 원하면 나가는 게 맞지 않을까, 여러 번 생각을 고쳐먹는 사이에 시간이 흘렀다.

시티에 나가는 대신 집 근처 운동장에 나가 한참을 앉아 있다 돌아왔다. 성인 남자들이 모여 크리켓을 하고 있었다. 세상에서 가장 우울한 운동이 있다면 크리켓일 거라고 억지를 부리다, 일어섰다.

시간이 한참 지났는데도 JJ는 돌아오지 않았다. 고집이 가장 센 사람을 뽑는 대회가 있다면 꼭 알려달라. 참가하게 해서 상품을 받아야 한다. 1등, 아니면 2등은 할 수 있을 것이다.

와인 한 잔을 따라 아래층으로 내려갔다. 아래층에는 널찍한 서재와 바가 있는 거실, 피아노가 있는 방이 있었다. 와인을 홀짝이며 피아노 앞에 앉아 〈고요한 밤 거룩한 밤〉을 쳤다. 열 번 넘게 반복해서 쳤다. 마음이 고요하고 거룩해지길 바랐지만 별로 그렇진 않았다. 조율이 안 된 피아노라 어떤 건반에선 기괴한 소리가 났다. 바르게 쳤는데도 틀린 소리가 났다. 의심하는 귀와 의심하는 손가락과 의심하는 마음이 합작해서 같은 건반을 여러 번 눌러봤지만 똑같았다. 틀린 음. 틀렸어. 틀렸어!

JJ는 여섯 시간이나 지난, 저녁때가 되어 들어왔다. 글레노리에는 갈 데도 딱히 없는데, 도대체 어디를 그렇게 돌아다니다 온 것일까. 울워스에서 장을 봤는지 양손에 네 봉지의 먹을거리를 들고 있었다. 여전히 싸늘한 얼굴이었다. 나중에 생각해보니 저 음식들은 JJ가 건네는 '화해의 말'이었다. 그러나 그때 나는 이렇게 생각했다. 뭐야, 음식을 한창 만들고 있는데 나가버리더니 여섯 시간이나 지나서야 돌아와놓고는, 다시 나에게 음식을 만들라고? 속상한 마음을 몰라주는 그가 야속했다. 말을 시켜봤지만 별 대답이 없었다. 이 널찍한 시드니 땅에서 미아처럼 굳어가며(과장이 좀 있지만), 쓸쓸하게 피아노나 뚱땅이며 종일 자기를 기다린 것도 모르고. 그가 사온 식재료들을 냉장고에 대충 넣은 뒤, 나도 침묵했다.

나는 와인 한 병을 통째로 들고 아래층으로 내려갔다. 아침부터 저녁까지 거의 빈속이었지만 와인을 마셨다. 한 잔, 두 잔, 세 잔을 차례대로 원샷했다. 몸이 뜨거워졌고 마음은 말랑해졌다. 취한 와중에도 피아노에 앉아 또다시 그놈의 〈고요한 밤 거룩한 밤〉을 연주했다. 엉망진창으로 쳐서 우스꽝스러운 소리가 났다. 자꾸 틀렸다. 다시 바닥으로 내려와 와인을 마셨다(나는 술이 약한 편인데, 그중에서도 와인을 마시면 대취한다). 자, 이놈의 와인을 마시고 취하자꾸나. 마치 오원 장승업이 된 것처럼 활달해진 나는 원숭이를 그릴 수 있을 것 같았고, 지붕이 있다면 지붕 위로 뛰어올라갈 수도 있을 것 같았다. 기분이 좋아졌다. 그런데 조금 지나니 다시 서글퍼졌다. 조금 울었다. 와인 한 병이 고스란히 내 몸으로 들어와 있었다. 졸음이 쏟아져서 누웠다. 속이 울렁거렸다. 그뒤에 좀 잤던 것 같다.

기억나는 것은 내가 태아처럼 옆으로 누워 와인을 슬금슬금 토했다는 것이다. 술이 덜 취했다면 얼른 화장실로 달려갔을 텐데 나는 모든 감각이 무뎌져 있었고, 토하고 있다는 '촉각'만 깨어 있었다. 잠이 쏟아져 눈을 뜨지 못한 채 천천히, 줄기차게 토했는데 이상하게 기분이 좋았다! 마치 따뜻한 강이 머리 위로 흐르는 것 같았고 점차 속이 편해졌다. 콧물과 눈물도 같이 나오는 게 느껴졌다. 생생하게 기억난다. 아기들이 미음을 토할 때 기분을 알 것 같았다! 그것은 안으로 흘러들어온 것이 밖으로 나갈 때의 자연스러움처럼 편안했다. 아무것도 먹지 않아 음식물이 섞이지 않았기 때문이었을 것이다. 나는 신생아처럼 누워 따뜻한 것을 계속 토했다. 자면서 토했고, 토하다가 다시 잤다. 모든 것이 평화롭게 느껴졌다.

다음날 아침, 침대에서 깨어났다. 아래층으로 내려가보라는 JJ의 말에 정신이 번쩍 들었다. 내려가보니, 내가 있었던 자리에 빨간 휴지 뭉치가 높이 쌓여 있었다. 게다가 빨갛게 물들어버린 노란 장판! 당황스러웠다. 내가 어젯밤 토해놓은 흔적들이었다. JJ가 휴지로 대충 치워놓았다. 창피했고 속이 울렁거렸다. 나중에 JJ의 말을 듣고 한참을 웃었다.

어떻게 보였다고요? 말해봐요. (다음은 JJ가 직접 쓴 문장이다.)

"혼절한 듯 쓰러진 채 머리를 시뻘건 핏속에 담근 P의 모습을 보고 깜짝 놀랐다. 머리가 깨져서 피가 흥건해진 거라고 상상했다! 놀란 가슴을 진정하고 가까이 다가가보았다. 단숨에 들이켠 레드와인을 바닥에 다 게워냈는데, 그것은 완전한 핏빛이었다. P의 머리를 들어올리며 그게 피가 아니라 레드와인을 토한 것임을 알았다."

담담하게 쓰고 있지만, JJ는 정말 놀랐다고 한다. 아마 아래층에서 내가 머리가 깨져 죽어 있는 것으로 알았던 모양이다. 고소해라! 나는 배를 잡고 웃었고, 지금 이 글을 쓰고 있는 중에도 웃고 있다. 놀란 JJ에게는 미안하지만 그 아침 나는 조금 고소했고, 즐거웠고, 감사했다. 왜냐하면 지난 밤 JJ의 손길이 떠올랐기 때문이다. 쓰러져 있는 내 머리맡에 와 휴지루 얼굴을 닦아주며 머리카락을 쓸어주던 손길이 별안간 떠올랐다. 춥지 않냐고 나를 깨워, 위층으로 데리고 가 이불을 덮어준 사람, 수시로 내 얼굴을 들여다보며 괜찮은지 서성이던 기척, 아침에 머리맡에 물을 가져다놓아준 사람. JJ였다. 나는 그렇게 '진상'을 부렸는데, 나를 사랑으로 대했던 그의 태도가 한꺼번에 떠올랐다. 그는 놀라고 두려웠을 것이다. 내가 머리를 땅에 처박고 죽어버렸다고 생각했을 때!

대개 사랑은 콩깍지가 씐 상태라고 하는데, 나는 그렇게 생각하지 않는다. 사랑은 콩깍지가 벗겨졌는데, 그것도 한참 전에 벗겨졌는데도 그 사람이 좋은 것이다. 모든 단점들을 상쇄시키는 것, 이해 불가능한 상태가 사랑이다.

나는 그의 나쁜 점을 열 개 이상 말할 수 있지만(정말이다, 그도 그럴 것이다) 그럼에도 불구하고 그를 사랑한다. 반면에 가장 좋은 점이 뭐냐고 물으면 쉽게 대답할 말이 떠오르지 않는다. 단순하게 말할 수 없고, 그냥 좋은 것이다. 좋은 이유는 말할 수 없고, 나쁜 점은 여러 가지를 말할 수 있는데도 그 사람이 좋은 것. 비논리적이고 납득할 수 없는 사태. 그러니 누군가 연인의 뻐드렁니가 좋다느니, 손가락을 코에 넣어 코딱지를 파줄 수 있다느니, 심지어 (내 친구 중에 있는데) 그의 뚱뚱하고 머슴 같고 지저분한 몸이 좋다고 고백할 때 우리는 이해하려들면 안 된다. 이해란 말의 반대편에 있는 게 사랑이니까. 사랑을 어떻게 이해하나? 그냥 받아들이는 것이다.

나는 종종 원숭이처럼 바투 앉아 그의 머리카락에서 비듬을 골라내거나, 냄새나는 발가락을 깨물거나, 이렇게 잘생긴 사람은 처음 본다며 놀라는 척을 하곤 한다. 설명할 수 없다. 나의 이런 행동을. 미울 때도 있지만 미운 와중에도, 화가 나 있는데도 '보고 싶어' 함께 있을 수밖에 없는 상태. 왜 이러는 걸까.

두 손으로 만든 손우물 위에
흐르는 당신을 올려놓는 일
쏟아져도, 쏟아져도 자꾸 올려놓는 일

—졸시 「여름의 끝」 중에서

그날 나는 와인 한 병이 되어 누워 있었지만, 아침이 되니 쏟아진 적 없는 와인이 되어 있었다.

ㅇ생각을 만지는 일

책은 생각을 물성화한 것이다. 사람들은 흘러가는 생각을 붙잡아두려고, 생각을 손으로 만져보고 싶어 책을 만들었을 것이다. 낱장은 찢어지기 쉽고 베일 듯 얇지만, 묶어놓으면 단단하고 네모나고 뭉치로 변하는 책! 책을 읽는 일은 저자의 동의 아래 그의 생각을 적극적으로 더듬고, 움켜쥐고, 흡수하는 일이다. 씹고 삼키며 간혹 뱉기도 하는 일이다.

책의 촉감이 좋다. 냄새가 좋다. 자물쇠 없이 열리고 닫히는 개방성이 좋다. 많은 문자 속에 감추고 있을 몇 가닥, 삶의 비밀을 발견하는 것이 좋다. 모르는 사람(저자)의 언어를 내 안에 담아보는 일이 좋다.

누가 뭐래도 책은 침 묻힌 손으로 책장을 넘기고, 귀퉁이를 살짝 접어가며 읽는 게 맛있다. 나는 독서 중에 딴생각을 자주 하기 때문에 책등을 위로 보이게 펼쳐 테이블에 내려놓을 때가 있다. 책은 펼쳐진 채 몇 날을 잊히기도 한다. 책은 한 자세로 오랫동안 펼쳐져 있게 되는데, 이때의 펼침은 닫힘과 가깝다.

책은 펼쳐지고 넘겨지고 접히고 웅크린 채로, 쌓이거나 잊힌 채로, 읽히거나 방치된 채로, 가장 많은 시간은 '기다리면서' 낡아간다. 색이 바래고 미세하게 부풀어오르며 책 역시 '나이'를 갖게 된다. 우리와 같이 늙는다.

책도 저마다 운명, 혹은 팔자가 있다는 말을 들은 적이 있다. 오후엔 얇고 오래된 책 한 권을 들고 시티에 나가봐야겠다. 저 책의 운명에는 시드니를 걸어보는 일이 포함되어 있었을 것이다.

이비 숲

나무들이 이슬비처럼 서 있는 풍경을 본 적이 있다.

이슬비는 가느다랗고 촉촉하다. 기다란 동선을 그리며 무리지어 내려온다. 무리지어 오지만 소리가 없다. 흠뻑 적시는 대신 느린 속도로 꼼꼼히 적신다. 풀잎처럼 가볍고, 귀신처럼 투명하다.

이슬비는 걸어다니지 않는다. 전진하지 않는다. 위에서 아래로 뛰어내린다. 걸음은 수평이동을 지향하지만 이슬비는 수직이동을 지향한다. 나무들이 바람에 흔들릴 때 나무들이 몰래 수직이동을 한 것이 아닐까 상상해본다. 티 나지 않게 떠올랐다, 몰래 착지한 후의 떨림 같은 것이 느껴진다. 이파리들의 약동, 파닥임, 수런거림을 동반한 율동은 모두 한자리에서 이루어진다. 혹스베리 강Hawkesbury River이 흐르는 '세인트 알반스St. Albans'에 가서 보았다. 이슬비처럼 무리지어 서 있는 나무들. 한곳에 발 묶여, 조용히 쏟아지는 것처럼 보이는 이슬비 나무들.

시드니 한인문학회 '캥거루' 회원으로, 수필을 쓰시는 유금란 선생님이 우리를 데리러 오셨다. 우리가 시드니에 왔다는 얘기를 듣고 근사한 곳을 보여주겠다고 오신 것이다. 유금란 선생님은 밝고 쾌활한 모습에 목소리도 매력적이었다. 풍기는 분위기가 싱그러워 삼십대 후반이나 사십대 초반으로 보였는데, 이십대 아들과 딸이 있다고 해서 놀랐다.

글레노리에서 차를 타고 외곽으로 30분쯤 달려 세인트 알반스에 도착했다. 비가 내리다 멈추기를 반복했다. 비가 오는데도 볕이 머물렀고, 볕이 따사로운데도 이따금 비가 내렸다. 흐리면서 맑은 기운이 세인트 알반스를 채우고 있었다. 순한 날씨였다. 혹스베리 강가에서 젊은 부부와 어린 아들이 낚시를 하고 있었다. 부부는 낚시 의자에 앉아 낚싯대를 정비하고 있었고, 네댓 살로 보이는 아이가 자기 키보다 긴 낚싯대를 들고 걸어다니고 있었다. 그 모습이 그림 같아서 잠시 바라보았다.

바지선을 타고 혹스베리 강을 건너니 놀라운 풍경이 펼쳐졌다. 동화 『잭과 콩나무』에 나오는 하늘까지 닿는 콩나무를 똑 닮은 나무들이 무리지어 서 있었다. 처음 보는 나무였는데, 정확한 나무의 명칭을 몰라 내 멋대로 이슬비 나무라고 불렀다. 길고 가느다란 자태를 뽐내며 무리지어 서 있는 모습이 기가 막혔는데, 멀리서 보면 꼭 이슬비 내리는 풍경처럼 보였다. 그만큼 나무 한 그루 한 그루의 몸통이 길고 얇았으며, 귀족적인 자태를 뽐내고 있었다. 아래에서 위까지 투명하게 반짝이는 이파리들을 간헐적으로 매달고 있어서 더 연약해 보였다. 이슬비 나무는 악보에 매달린

음표들처럼 가볍고 생동감 있어 보였다. 키 큰 나무가 저토록 가뿐해 보일 수 있다니! 우리는 이슬비 나무들 곁에서 '어머나 세상에!'라는 말밖에, 다른 말을 찾지 못했다. 때마침 비가 내리고 있었고, 이슬비 나무들은 이슬비에 젖어 더 청초해 보였다. 초록 레이스로 짠 드레스를 입고 걸어가는 키 큰 처녀애들 같기도 했고, 키 크는 마법에 걸린 콩나물 무리 같기도 했다. 실제인지 환상인지 분간이 되지 않을 정도로 황홀한 모습이었다. 빗속에서 또다른 초록비가 내리는 풍경을 본 것 같았다.

차를 타고 안쪽으로 더 들어가니 오래된 식당이 한 채 나왔다. 1836년에 지어진 오래된 건물이었고, 'Settlers arms inn'이라는 간판이 붙어 있었다. 식당 주변으로 차들이 길게 주차되어 있었고, 언뜻 봐도 서른 명은 넘어 보이는 사람들이 식당 안팎에서 음식을 먹고 있었다. 이곳을 종종 찾는다는 유금란 선생님도 이 식당에 이렇게 사람이 많은 것은 처음 본다고 했다. 시드니 외곽에서도 많이 알려지지는 않은 곳이었기 때문이다. 알고 보니 마침 그곳에서 'ST. Albans Writers' Festival'이 개최되고 있었다! 시드니에 사는 작가들의 지역 모임이 있던 날인 것이다. 우리는 두 배로 즐거워졌다. 일부러 기다리던 모임에 참석한 것처럼, 혹은 이 모임에 초대받은 작가들인 것처럼 느껴져서 기분이 좋았다. 나이든 작가들이 많았고 모두 소탈한 차림에 소박한 음식들을 앞에 놓고 이야기하고 있었다. 우리도 그들 사이에 한 자리를 꿰고 앉아 호주의 가정식을 먹었다. 미트파이와 수프, 다양한 치즈들, 겉은 딱딱하고 속은 부드러운 빵이 특히 맛있었다.

먹구름이 몰려왔다. 우리는 먹던 음식을 챙겨 지붕 아래에 있는 테이블로 자리를 옮겨 앉았다. 공기를 조금 적실 정도의 비가 내리고 그치기를 반복했다. 마당을 거닐던 닭들이 우리가 떠난 테이블로 올라가더니, 우리가 흘린 음식들을 쪼아 먹었다. 우리는 닭들의 당찬 행동을 지켜보며 웃었다.

행복이란 말은 행복한 순간이 지난 다음에나 떠오르는 단어일까? 집으로 돌아와 친구에게 메일을 쓰려는데, '행복'이란 말이 생각났다. 친구에게 그곳에서 본 세 마리의 닭과 이슬비와 이슬비 나무들, 나이든 작가들에 대해 말해야지. 그곳에 '행복'이 우리와 함께 머물고 있었다고 말해야지. 이곳에선 시간이 정말 느리게 간다고, 믿어지지 않을 정도라고, 마치 하루가 48시간인 것처럼 느껴진다고 말해야지. 이 많은 것들을 향유하고 돌아왔는데도, 지금은 저녁 7시 반이라고, 나는 시간 부자가 된 것 같다고, 이상한 나라에 들어온 것 같다고 말해야겠다.

ㅇ파닥이는 인류

어리다는 것은 소위 좀 파닥일 줄 안다는 것이다. 파닥임이란 무엇인가? 그것은 생동이다. 살아 있다는 신호이고, 이쪽에서 저쪽으로 건너가겠다는 선언이며, 지금 상태로 머물지 않겠다는 의지의 표현이다. '가만히', '잠자코' 있는 것은 어른들의 특기이다(세월호 사태 때 어른들이 아이들에게 한 유일한 말은 가만히 있으라는 거였다. 나는 어른들이 아이들에게 가만히 있으라는 명령만 좀 덜해도 아이들의 창의력이 지금보다 훨씬 발전할 거라고 생각한다. 나 역시 어릴 때 가장 많이 들었던 말 중 하나가 가만히 있으라는 말이었다. 대관절, 살아 있는 것들이, 그것도 태어나서 얼마 안 돼 '호기심'으로 파닥이는 존재들이 어떻게 가만히 있을 수 있단 말인가?). 어른들은 한곳에 잠자코 앉아 신문이나 책을 읽을 수 있고, 여러 시간 동안 움직이지 않고 수다를 떨 수 있지만 아이들은 그럴 수 없다. 아이들은 끊임없이 새로운 것을 발견하고, 팔과 다리를 지느러미처럼 사용해 파닥이고 싶어한다. 얼마나 경이로운 움직임인지 오랫동안 봐도 질리지 않는다.

어린아이. 가령 네다섯 살 먹은 아이를 관찰해보자. 몸 전체의 비율상

머리가 조금 크다. 안에서부터 밖을 향해 '진심으로' 차오른 포동포동한 두 뺨(밖에서부터 안을 향해 보톡스 등을 들이밀어 생겨난 포동포동함이 아니다), 뾰로통하게 내민 입술, 유선형에 가까운 몸통! 특히 내가 좋아하는 건 유선형에 가까운 이 몸통이다. 머리통을 간신히 얹고 있는 목을 지나 가녀린 어깨(어깨 뭉침이란 것을 하루종일 설명해줘도 결코 모를 유연하고 말랑말랑한 어깨)를 지나 아이의 옆모습을 보자. 편편한 가슴과 앞으로 볼록 튀어나온 귀여운 배! 물고기를 닮은 유선형 몸통(뱃살이 겹치거나 뒤룩뒤룩 살찐 아이들이 많지 않은 이유는 원활한 혈액순환과 신진대사의 활발함 때문이리라)이 위로 올라붙은 궁뎅이와 만나 유선형을 만든다. 사랑스러운 모양이다! 손가락과 발가락은 얼마나 앙증맞은지 점토로 갖다 붙인 것처럼 보여, 잠깐 떼었다 붙일 수도 있을 것 같다.

유선형 몸통 때문에 아이들은 흡사 다리 달린 물고기나 새처럼 보인다. 실제로 '유선형'의 사전적 의미는 "물체가 공기, 물 따위의 유체에서 운동할 때 저항을 가장 덜 받는 곡선의 형태"이다. 그래서일까? 아이들의 뜀박질(깡충깡충, 성큼성큼, 후다다닥, 휙휙), 기거나 구르기, 엎드려 숨기, 까치발로 걷기 등 발랄한 움직임을 보면 저항을 최소한으로 받는 유연한 몸이란 것을 알 수 있다(성형외과 의사 피터 김의 집을 갔을 때 네 살 된 막내딸이 내 손을 붙잡고 침실로 가더니, 제일 먼저 보여준 것이 무엇인지 아는가? 앞구르기였다. 세상에! 누가 너보다 더 잘 구를 수 있겠니? 나는 감탄했다). 아이들은 뼈와 관절이 부드러워 스트레칭이나 준비 운동 없이 180도 가까이 다리를 벌릴 수도 있다. 나는 한 시간 두 시간, 아니 하루종일이라도 어린아이의 몸에 대해 찬사를 늘어놓을 수 있다. 아이를 키우는 것은 다른 차원의 일이겠지만, 바라보는 일이라면! 나는 한곳에 앉아 오랫동안 아이들을 바라볼 수 있다. 그건 내 주특기다.

달링 하버Darling Harbour를 혼자 걷다 툼발롱 파크Tumbalong Park에서 아이들이 노는 것을 보았다. 부모들과 조부모들이 벤치에 앉아 아이들이 노는 것을 바라보고 있었다. 공원에는 바닥에서 물이 뿜어나오는 분수가 있었고, 아이들이 물놀이를 할 수 있도록 설계된 수로와 펌프 등의 시설이 있었다. 아이들은 옷을 적셔가며 뛰어놀았다. 그중 다섯 살 정도 되어 보이는 여자아이가 멀리서부터 달려와 바닥에서 솟구치는 물줄기를 관통하는 놀이를 하고 있었다. 그 모습이 질리지 않아 한참을 바라보았다. 걸어다니는 물고기 한 마리가 물을 향해 점핑하는 것 같았다. 아이는 물이 솟아오르는 때를 기다려 반복해서 달려들었고, 그때마다 환호성을 질렀다. 미끄러질까봐 걱정이 되기도 했는데, 주변에서 말리는 사람은 없었다. 한 가지 인상적이었던 점은 공원에 있는 부모들 중 아이에게 "안 돼, 그만해라, 위험하니 하지 마"라고 말하는 사람이 아무도 없었다는 점이다. 물론 노파심 때문이겠지만 우리는 아이들에게 얼마나 많은 것들을 하면 '안 된다'고 가르치는가? 정말 하면 안 되는 일이 그렇게 많은 것일까?

그날 내가 가장 많이 들은 말은 재미있냐는(have fun?) 어른들의 질문이었다. 젖은 옷을 벗기고 새 옷으로 갈아입히면서도 부모들은 아이에게 재미있었는지, 얼마나 재미있었는지를 묻고 또 물었다. 아이의 위험해 보이는 행동을 막는 대신 재빨리 일어나 아이 가까이 다가갔다가, 아무 일 없으면 돌아와 앉았다. 내가 만약 엄마였다면 "그건 하지 마. 안 돼." 라고 말할 것 같은 상황에서도 지켜보기만 했다. 그 모습이 놀라웠다.

한 남자아이의 아버지는 작은 구슬 두 개에 '럭키'라는 이름을 붙이고는 수로에 부러 빠뜨렸다. 그는 아이가 두 개의 럭키를 찾을 수 있도록 응원하고 도와주었다. 얕은 물살에 흘러가는 두 개의 '럭키'를 찾는 것은 아이였지만 나 또한 눈으로 럭키를 쫓고 있었다. 아이는 지치지도 않고 구슬을 던지고 찾기를 반복했다. 주변에 있던 아이들이 럭키를 대신 찾아주기도 했다. 아이는 30분 동안 럭키를 잃어버렸다, 다시 찾았는데 아이 아버지는 귀찮아하지도 않고 그 놀이에 동참했다. 보는 내가 다 귀찮았는데 말이다. 아이가 구슬을 찾을 때마다 외치는 "럭키!"라는 소리에 기분이 상쾌해졌다. 아이는 그날 아버지 덕분에 얼마나 많은 행운을 거머쥔 걸까? 아이의 아버지는 아이가 자라면서 '행운을 능동적으로 찾는 사람'이 되기를 바랄 것이다. 그때마다 옆에서 지켜주고, 응원해줄 수 있기를 바랄 것이다.

물놀이장 옆에는 회전목마를 타는 아이들이 있었다. 초등학교 저학년 때까지 나도 회전목마를 탔다. 그때는 빨리 커서 이런 시시한 것 말고, 짜릿하고 위험한 것을 타고 싶다는 생각밖에 없었다. 회전목마를 타는 게 민망해진 나이가 되니, 웬일인지 회전목마를 한번 타보고 싶었다. 알록달록한 말을 타고 빙글빙글, 한 백 바퀴만 돌았으면. 무념무상으로 돌고 돌았으면.

내 눈에는 아이들만 보이는 게 아니라, 회전목마를 둘러싼 젊은 부모들도 보였다. '젊은'이란 말과 '부모'라는 말을 붙여놓으면 왠지 애틋하다. 아이 때문에 서둘러 어른이 되어야 했을 사람들. 부모이기 이전에 자식이었던 사람들. 아이들이 자라는 속도에 맞춰, 어쩌면 그보다 더 빨리 늙어갈 사람들. 그들은 목마가 한 바퀴 돌아 자기 아이를 만나게 될 때마다 웃으며 손을 흔들었다. 아이가 한 바퀴의 세상을 구경할 때까지 그 자리에 붙박여 기다리는 모습에서 부모된 자들의 천형天刑을 감지할 수 있었다. 회전목마만큼 부모와 자식 관계를 잘 설명해주는 것이 또 있을까. 자식들은 빙글빙글 돌며 세상 밖으로 나가려 할 테고, 한곳에 붙박여 목이 빠지도록 기다리는 것은 언제나 늙은 부모들일 테니까. 저 상태가 반복될 것이고 아이들은 결국 어른이 될 것이다. 손을 흔들며 웃고 있는 저 젊은 부모들은 필연적으로 늙은 부모가 될 것이다. 갑자기 미래를 봐버린 것처럼 슬퍼졌다. 상상이 앞서나갔다. 이 자리에서, 우리가 이 모습 그대로 늙어버린다면! 한순간에 30년을 먹어버린다면, 어떤 모습이 될까? 구불거리고 반짝이는 머리카락을 가진 저 젊은 엄마도 늙을 것이다. 머리카락이 빠지고 흰머리가 늘어, 늙은 어머니가 될 것이다. 아름다운 순간은 빨리 지나간다. 무엇도 그것을 붙잡아두지 못한다. 나는 견딜 수 없어져 자리를 떴다.

내가 두려운 이유는 내가 지금 행복하기 때문이라는 것을 나중에, 알았다.

사족 하나.

어린아이를 가장 잘 묘사한 작가는 제롬 데이비드 샐린저J.D.Salinger다. 「에스메를 위하여, 사랑 그리고 비참함으로」나 『호밀밭의 파수꾼』에서 그가 어린아이를 묘사하는 방식을 보면 알 수 있다. 바람이 있다면, 우리 아이들이 세계 어느 나라 아이들보다 더 신나게, 싱싱하게 파닥였으면 좋겠다.

ㅇ오늘의 사건

글레노리 베이커리 카페에서 커피를 마시다가 예닐곱 살 즈음의 여자아이를 보게 되었다. 엄마와 언니의 손을 잡고 이쪽으로 걸어오던 아이는 기분이 좋은지 새끼 노루처럼 뛰어다녔다. 작은 골반과 평평한 가슴, 새처럼 파닥이는 양팔, 근육도 살도 도드라지지 않고 쭉 뻗은 두 다리, 새초롬한 얼굴. 2차 성징이 발현되기 전의 여자아이의 모습을 보면 경이롭다. 매혹적이지만 유혹적이지 않은 특별한 여성성, 날쌔면서 연약하고, 영리하면서 어리숙한, 어여쁜 혼돈! 커다란 꽃을 숨긴 채 단단하게 참고 있는 씨앗들!

저 아이는 몇 년 후 조금씩 부풀어오를 것이다. 둥글어지고 커다래지고 튼튼해질 것이다. 씨앗을 뚫고 나와 꽃, 풀, 어쩌면 잎을 가득 단 나무가 될 것이다. 납작했던 가슴이 이유 없이 부풀어오르면서 슬퍼질지도 모른다. 한 달에 한 번, 원하지 않아도 피를 보게 될 것이다. 그러나 아무것도 모른 채 '스스로 그러하듯이(자연)', 젠더로서 '여자'인 저 작은 사람은 얼마나 매혹적인가? 젖이 없는 저 여자는! 마치 자신이 시인지도 모른 채 씌

어지는 시처럼, 매혹적인 저 어린 여자!

혼자 이런저런 생각에 빠져 있었는데 얼마 지나지 않아 등뒤에서 울음소리가 들렸다. 절규를 동반한 울음소리였다. 노루처럼 뛰어다니던 여자아이가 넘어진 것이었다. 길게 기른 금발이 얼굴 앞쪽으로 쏟아졌다. 눈썹까지 자른 앞머리, 바로 아래 파란(비현실적으로 파란) 눈동자에서, 큐빅 같은 눈물이 후드득 떨어졌다. 아이는 입을 하마처럼 벌린 채 통곡을 했다. 하도 서럽게 울어 오히려 우스꽝스러워 보였다. 아이의 엄마와 언니가 번갈아가며 달랬지만 소용없었다. 아이는 소리를 지르면서 무릎을 부여잡고 있었다. 나는 의자에 앉은 채로 아이를 향해, 내가 지을 수 있는 최대한의 안타까운 표정을 지어 보였다. 어떤 할머니는 아이에게 다가가 괜찮은지 물었고, 푸줏간 주인도 햄을 든 채로 유리문을 열고 나와 보았다. 그때 요 작고 깜찍한 아이의 입에서 "I hate road"라는 외침이 터져나왔고, 그곳에 있던 모든 사람들이 웃었다. 아이 엄마는 아이에게 귓속말로 무언가를 말했고, 아이는 조금 후에 천천히 일어났다. 그리고 절뚝이며 자리에 돌아가 앉았다. 그뒤에도 간헐적으로 아이가 흐느끼는 소리가 들렸다.

좋을 때다. 자기 '아픔'과 '상처'에 대해 치아가 다 보이도록, 입을 벌려 울부짖을 수 있는 나이! 아이는 "이게 바로 내 상처고 내 아픔이에요. 난 지금 너무나 고통스럽다고요!"라고 동네 사람들을 향해 외친 것이다.

어쩌면 어른이란 우는 모습을 들키지 않으려고 시간과 장소, 타인의 시선을 따져보는 사람일지도 모르겠다. 그리하여 몹시 슬픈 순간에도 눈물 흘리는 걸 어려워하는 사람일지도.

심심한 동네에서 이 일이, 제일 싱싱한 '오늘의 사건'이었다.

ㅇ혼자 걷기

혼자 시티를 구경하기로 한 날. 서큘러 키Circular Quay에서 페리로 한 정거장만 가면 크리몬 포인트Cremorne Point라는 동네가 나오는데, 그곳에 있는 작은 호텔을 예약해두었다. 이틀을 예약했는데, 다음날 저녁엔 JJ도 시티로 나와 합류하기로 했다. 숙박비가 저렴했고 페리를 타고 시티 건너편으로 갈 수 있다는 점도 마음에 들었다.

오전 10시, 유금란 선생님이 기차역까지 데려다주신다고 차를 갖고 오셨다. 걸어서 버스 정류장에 갈 수 있다고 해도 얼굴을 한 번 더 보기 위한 핑계라며 오시겠다고 했다. 유금란 선생님은 정원이 근사한 카페에서 브런치를 사주겠다고 하셨다. JJ에게 브런치 먹으러 같이 안 가겠냐고, 끝내주는 브런치라는데 후회하지 않겠냐고 두 번이나 물었지만 그는 집에 남아 원고를 쓰고 싶다고 했다. 브런치보다 원고라니! 나 같으면 고민도 없이 브런치를 택할 텐데. 유금란 선생님과 둘이 차를 타고 나갔다.

시드니는 아침 문화가 발달한 곳이라고 했다. 이른 시간에도 브런치를 먹으며 이야기 나누는 사람들로 카페가 가득차 있었다. 메뉴도 브런치와 런치가 달랐다. 우리는 자리를 잡고 앉아 스튜와 빵, 샐러드와 베이컨 등 음식을 잔뜩 시켰다. 롱블랙도 두 잔 시켰다. 롱블랙은 에스프레소에 따뜻한 물을 섞어 마시는 것인데 우리나라의 아메리카노와 비슷하다. 처음엔 이름이 근사해서 감탄했다. 내 멋대로 '긴 긴 밤'이라고 의역도 해봤다. 긴 긴 밤 한 잔이요! 얼마나 멋진가? 밤을 한 잔 마시는 시간이라니. 커피 속에 기다란 검정도, 기다란 기차도, 기다란 밤도 넣어보며 홀짝였다. 이름이 중요한 법이다. 무엇이든 호명하고, 불러주고, 사랑해주는 순간 빛나게 된다. 완전히 달라진다.

유금란 선생님과 브런치를 먹으며 이런저런 수다를 떨었다. JJ 때문에 나를 알게 됐지만 오래 알고 지내고 싶다고, 느낌이 좋은 사람이라며 칭찬을 해주셨다. 나이 차이를 느낄 수 없었다. 전부터 알고 지내던 언니를 만난 듯 편안했다. 브런치를 먹은 뒤, 우리는 롱블랙을 한 잔씩 더 마시며 얘기를 나누었다. 아무리 봐도 익숙해지지 않았던 시드니 기차 노선표를 펼쳐 선생님께 이것저것 물어보았다. 선생님은 손가락으로 하나씩 짚어가며 우리가 있는 곳이 어디쯤인지, 한국인이 많이 사는 지역은 어디인지, 시티에서는 어디를 돌아다니면 좋을지 자세히 설명을 해주셨다. 지리의 윤곽이 잡히니 머릿속 안개가 사라진 기분이었다. 자신감이 생겼다.

선생님은 기차가 자주 정차한다는 에핑 역에 나를 내려주셨다. 시드니의 기차는 우리나라 전철처럼 노선이 여러 개였고, 갈아타기 쉽게 되어 있었다. 에핑 역에서 혼자 기차를 타고 시티 홀까지 갔다.

록스The Rocks 거리를 먼저 둘러보았다. 금요일이라 'Friday foodie market' 이 열리고 있었다. 맛있는 음식들이 가득했지만 브런치를 먹은 지 얼마 되지 않아 구경만 했다. 돌바닥으로 이루어진 고풍스러운 거리가 인상적이었다. 책을 찾아보니 록스는 이민자들이 시드니에서 가장 먼저 자리 잡은 유서 깊은 지역이라고 했다.

록스에서 서큘러 키 쪽으로 걸어갔다. 미술관 앞 벤치에 앉아 바다에 떠 있는 크루즈를 바라보았다. 저렇게 큰 배에서 파티도 하고 춤도 추고 운동도 한단 말이지, 그것도 바다 위에서. 생전에 크루즈를 타보게 될지 알 수 없지만, 타보고 싶다는 간절한 마음은 들지 않았다. 바다는 바라보는 게 좋지, 장시간 동안 그 위를 둥둥 떠다니고 싶은 마음은 들지 않았기 때문이다. 내 구역이 아니니까, 멀찍이서 바라보는 게 좋다.

멀찍이서 바라보면 근사한 게 또 있다. 바다에 떠 있는 섬처럼 보이는 오페라 하우스다. 여러 각도에서 보아도 질리지 않는 흥미로운 건물이다. 오페라 하우스 내부도 근사했는데, 화장실이 가장 완벽했다. 화장실에서 공연을 하는 게 어떨까. 여기가 가장 멋진데, 소리도 잘 울릴 것 같은데, 라고 생각했지만 입 밖으로 꺼내진 않았다. 물결 모양으로 길게 연결된 세면대가 출렁이는 한 자락의 파도처럼 보였다. 화장실이 멋진 건물이 진정으로 멋진 건물 아니겠는가.

시드니에 하우스가 있다면, 우리에겐 전당과 회관이 있다! 오페라 하우스 앞에서 예술의전당과 세종문화회관을 나란히 떠올려봤다. 하우스와 회관과 전당이라, 이름들이 참 고전적이다. 좋은 공연을 근사한 곳에서 볼 수 있다는 것은 행운이다. 시드니에서 마지막 날, 오페라 하우스에서 뮤지컬을 관람하는 행운을 얻었다. 〈Anything Goes〉라는 뮤지컬이었는데, 배우들이 노래하고 춤추는 모습이 볼만했다. 무슨 일이든 허용된다는 뜻의 제목처럼, JJ는 뮤지컬이 시작되고 얼마 지나지 않아 졸기 시작했다. 비싼 공연을 보여주신 정동철 변호사에게 미안한 마음이 들어 옆구리를 슬쩍슬쩍 찔렀는데도, 잠깐 눈을 뜨는가 싶더니 다시 졸았다. 신기하게도 박수를 치는 시점은 기가 막히게 알아채서, 졸다가도 나보다 더 열렬히 박수를 쳤다. 그 모습이 귀여웠다. Anything Goes! 몇 해 전 예술의전당에 발레 〈지젤〉을 보러갔을 때도 JJ는 졸았다. 내가 우겨서 간 공연이었기 때문에 행복하게 졸도록 두었지만, 역시 박수칠 때는 기가 막히게 일어났다. 하우스든 전당이든 회관이든, 박수만 잘 친다면야 뭐, Anything Goes!

많이 다니지도 않았는데 금세 피곤해졌다. 전날 밤 여기도 가고 싶고, 저기도 가고 싶다며 한껏 들뜬 나에게 JJ가 해준 말이 떠올랐다. "네가 아무리 많이 보려 해도 이곳에 사는 사람만큼 많이 보고, 많이 알 수는 없어. 뭘 보려 하지 말고 그냥 거기 있는 순간을 즐겨." 당시에는 귀담아듣지 않았지만, 막상 거리에 서 있으니 그의 말이 떠올랐다. 나는 관광객 모드를 꺼버리고, 여기 사는 사람인 듯(그렇게 마음먹는 게 쉽지 않았지만) 느긋하게 걷기로 했다. 시드니를 향유하는 소요자逍遙子가 되어보자! 우선 조지 스트리트에 있는 휴대전화 매장에 들러 5일 동안 현지에서 사용할 수 있는 유심 칩을 구입했다. 와이파이가 잡히지 않는 곳에서도 구글 지도를 사용해 길을 찾고 싶었고, 로밍하는 것보다 이 방법이 더 경제적이란 것을 알아뒀기 때문이다. 유심 칩을 바꿔 끼고 나니 마음이 편했다. 많이 봐서 너덜너덜해진 지도는 가방 한쪽에 넣어두었다.

며칠 전에 JJ와 함께 걸었던 달링 하버에 다시 갔다. 달링 하버라니, 처음 들었을 땐 내 귀를 의심했다. 지명이 이렇게 달콤해도 되는 걸까? 바닷가에 앉아 입을 맞추는 연인들이 보였다. 길고 긴 입맞춤. 나는 선글라스 속에 감춰둔 눈을 동그랗게 뜨고, 안 보는 척 바라봤다. 여기야! 여기가 바로 시드니야! 별안간 기분이 좋아져, 콧노래가 나왔다. 커피를 한 잔 사들고 돌계단에 앉아 바다를 보려는데, 갈매기들이 내 옆자리를 꿰차고 앉았다. 하도 당당해 내가 피해줘야 할 것 같은 기분이 들었다. 갈매기들은 사람들이 떨어뜨리는 음식을 먹고 사는 데 익숙해진 듯 호심탐탐 주위를 맴돌았다. 간식을 먹는 사람들은 음식을 낚아채가려는 갈매기를 향해 팔을 내저었지만, 진심으로 짜증을 내는 사람은 없었다. 경고하듯 눈을 찡긋거릴 뿐이었다.

걷고, 또 걸었다. 말 상대가 없으니 좀 심심했다. 혼자 낯선 곳을 걸을 때면 사람이 그리워진다. 많은 사람들 사이에서 걷고 있지만, 무언가를 '나눌 수 있는' 사람이 그리워지는 것이다. 어두워지니 고독이 출렁 밀려와 캄캄하고 차가운 물을 뒤집어쓴 기분이 들었다. 나는 여러 번 읽었지만 풀리지 않은 문장 하나를 떠올렸다.

"걷기는 '곳' 안에서 무엇의 길을 트고, 시간 안에서 무엇을 구멍낸다." 파스칼 키냐르의 소설 『신비한 결속』에 나오는 구절이다. 『신비한 결속』은 사랑에 실패한 여자 주인공이 혼자 산과 바닷가를 하염없이 걷는 이야기가 나오는 소설이다. 최소한으로 먹고, 최대한으로 걷는 일이 삶의 전부인 여자. 몸에는 지방 한 점이 없고, 눈빛은 수도승처럼 깊어진 여자. 갈망이 깊어질수록 그녀는 걷고 또 걸었다. 목적 없이, 무작정 걸었다. 걷는 일에 모든 것이 달려 있다고 생각한 듯했다.

목적 없이 걷는 사람은 도착할 곳이 없다. 앞으로 나아가면서도 한곳에 머무는 사람, 그가 머무는 곳은 자신의 생각 속이다. 종착지는 '생각의 끝'이 될 것이다. 생각의 끝에서 길이 멈추고, 비로소 '곳'이 생기는 것이다. 목적 없이 걷는 사람은 자신의 머릿속을 걷는 것이다. 그렇기 때문에 '곳' 안에서 무엇(생각)의 길을 나게 하고, 오랜 시간에 걸쳐 생각을 거듭하기 때문에 무엇(생각)에 구멍을 낸다는 것일까? 해결하지 못한 문장을 질질 끌고 시드니를 걸었다. 문장은 나와 친밀해졌지만 여전히 모호했다.

생각 끝에 중국인 거리에 닿았다. 어디선가 사물놀이 소리가 들렸다. 외국에서 사물놀이를 보게 되었다고 생각해 소리를 찾아 뛰어다녔다. 꽹과리, 징, 장구, 북을 든 우리나라 사람들을 보게 될 것이라고 생각했는데, 붉은 옷을 차려입은 중국인들이 모여 있었다. 추석 무렵이라 중국인들이 풍악을 울리며 거리를 행진하고 있었다.

종일 걸었더니 피로했다. 나는 데이비드 존스David Jones 백화점과 연결된 웨스트필드Westfield 백화점으로 들어갔다. 쇼핑을 하려는 게 아니라, 앉아서 쉴 곳을 찾고 싶었기 때문이었다. 웨스트필드 백화점엔 소파가 있는 커다란 라운지가 있었다. 나는 소파로 뛰어가 드러누웠다. 창피했지만 피곤한 게 앞섰다. 다행히 맞은편에 동양인 아주머니 한 명이 옆으로 길게 누워 자고 있었고, 양옆으로 젊은 여자 한 명과 노부부 한 쌍이 상체를 축 늘어뜨린 채 기대앉아 있었다. 푹 익은 파김치들처럼 다들 매가리가 없어 보였다. 눕는 것과 앉는 것의 중간 형태를 유지하며, 나란히 시들어 있었다. 가방을 베고 누워 몇 분간 자고 싶었지만 참았다. 대신 다리를 좀 더 펴고 몸을 이완시켰다. 지나다니는 사람들이 내가 중국인이거나 일본인이라고 생각하길 바랐다. 조금 있으니 피로에 찌든 표정의 사람들이 하나둘씩 소파로 와서 반쯤 몸을 누였다. 그렇다니까. 우리 어른들은 다 피곤한 법이다. 어른들은 파닥임을 잃어버린 인류니까. 파닥이기엔 몸이 너무 크고 둔하고, 어깨가 뭉쳤고, 허리며 다리, 몸 곳곳이 쑤시니까. 반쯤 눈을 감고 몸을 늘어뜨린 채, 지나가는 사람들을 구경했다. 실크 드레스를 차려입은 금발의 여자들이 수다를 떨며 지나갔다. 턱시도를 입은 남자들이 그뒤를 따라갔다. 한껏 차려입었군, 파티에 가려는 모양이지, 생각하며 감기려는 눈꺼풀에 힘을 주었다.

창밖을 보니, 저녁이 와 있었다.

ㅇ스타 시티

세상에는 두 종류의 사람이 있다. 카지노 게임을 좋아하는 사람과 싫어하는 사람. JJ와 나는 전자이다. 물론 시간과 돈을 탕진할 만큼, 무모하게 매달리는 것은 아니다. 재미로, 무리하지 않는 선에서 즐기는 것이다.

어릴 때, 아버지는 일찍 일어나거나 외출하기 전에 화투점을 쳤다. "자, 오늘 재수 좀 보자!" 이렇게 말하며 담요 위에 줄을 맞춰 화투패를 늘어놓고 뒤집어 까봤다. 내가 알 수 없는 '신비한 놀이'를 하는 것처럼 보였다. 호기심이 발동한 나는 궁금한 게 많았지만 인내심을 갖고 물어보지 않았다. 아버지가 뭔가 중요한 일을 하는 것처럼 보였기 때문이다. "에이 오늘은 재수가 꽝이다" 혹은 "님이 오신다는데 어느 님이 오시려나" "소식이 하나요, 근심이 하나" 아버지가 흥얼거리듯 알 수 없는 이야기를 하면, 그날의 운세는 다 본 것이었다. 나는 더이상 참지 못하고, 재빨리 끼어들었다. "아빠, 내 운세는? 나도 봐줘!" 아버지는 화투패를 손에 쥐고 착착 섞으며 "애들은 보는 게 아니야"라고 말했다. 동네 약장수만큼이나 애들을 무시하는 말투였다. 내가 끈질기게 졸랐는데 한 번도 안 봐준 것을 보면 좀 너무하다 싶지만, 예닐곱 살 된 아이에게 재수랄 게 뭐가 있겠는가. 아버지는 그런 내가 우스웠을 것이다. 나는 포기하지 않고 아버지가 화투점을 칠 때마다 옆으로 달려가서 지켜본 후, 여지없이 내 운세 좀…… 하며 졸랐다. 얼마나 약이 올랐는지, 화투점을 치는 아버지 옆에서 속을 끓였던 기억이 생생하다. 그때부터였을까? 나는 점이나 운수에 관해서라면 퍽 궁금해하고, 믿어온 편이다. 혼자 화장실을 가야 하는 밤에는 혹시 나를 해칠지 모를 귀신들에게 잘 보이려고 "귀신님"으로 시작하는 기도문을 지어 올리던 아이였다. 이제 와서 생각해보니 좀 섬뜩하다.

호주는 카지노 사업이 발달한 나라이다. 카지노로 벌어들이는 수익이 호주 경제의 2퍼센트를 차지한다고 한다. '스타 시티Star city'는 시드니에서 가장 큰 규모의 카지노다. 안에 들어가면 맥주나 커피를 마시며 게임을 즐기는 사람들과 결혼식 피로연을 위해 놀러온 젊은이들로 발 디딜 틈이 없다. 카지노에 오는 사람들 중 중국인이 90퍼센트 이상을 차지한다고 들었는데, 과연 중국인들 천지였다. 우리는 구경을 하다, 수중에 있는 돈의 일부를 칩으로 바꿨다. JJ는 바카라 테이블에서 게임을 했고, 나는 잠깐 구경하다 다른 곳으로 갔다.

나는 주로 블랙잭을 했다. 룰이 간단하고 맘에 들었다. 칩은 원점에서 맴돌았다. 베팅 금액이 낮아 많이 잃지도 많이 따지도 않았다. 한 번 잃으면 두 번을 땄고, 두 번을 따면 세 번을 잃었다. 게임을 하다보니 초등학교 때 열광했던 홍콩 영화들이 떠올랐다(홍콩 영화를 하루에 두 편씩 꾸준히 봤더니, 안경을 쓰게 되었다). 〈도성〉에서 카드를 확인할 때 주성치의 표정, 초콜릿을 먹어야 게임에서 이기던 〈정전자〉의 주윤발! 나는 주성치나 주윤발, 유덕화가 된 것처럼 심각한 표정을 지었고 집중했다. 신이 났다. 마침 JJ가 바카라에서 돈을 잃고 25달러 칩 한 개만 겨우 남겨왔다. JJ는 시무룩한 표정으로 내 옆에 앉았다. 나 역시 칩을 모두 잃었던 차였다. 우리는 금세 돈을 다 잃고 만 것이다.

마지막이라고 생각하고 그가 남겨온 칩 한 개를 받아 다시 블랙잭 테이블에 앉았다. 작은 베팅으로 시작해 차곡차곡 돈을 따리라! JJ는 내가 한 번에 칩을 잃겠거니 생각하며 기대 없는 얼굴로 앉아 있었다. 마음을 비우니 게임이 잘됐다. 나는 한 번도 잃지 않고, 25달러 칩을 차곡차곡 벌어들였다. 옆에서 지켜보던 JJ는 신이 나서 감 놔라 배 놔라 조언을 했지만, 도도함이 솟을 대로 치솟은 나는 집중 좀 할게요, 라며 무게를 잡았다. 카드를 더 받을 때는 손으로 톡톡, 테이블을 쳤고 받지 않을 때는 절도 있게 손을 가로로 흔들었다. 시선은 아래를 향하고 턱은 위로 치켜든 채, 동작에 멋을 부렸다. 얼마나 신이 났는지! 결국 나는 25달러 칩 하나로 450달러를 벌었다. 기분이 날아갈 것 같았다. 프랑수아즈 사강이 쓴 산문이 떠올랐다. 사강이 어떤 자리에서 게임을 하다 베팅 금액이 커지고 연속으로 지는 바람에 '전 재산'을 날릴 위기에 빠진다. 패닉 상태에 빠진 사강은 정신을 수습하고 차분히 게임을 해서 본전(전 재산)을 찾고, 그보다 훨씬 더 많은 금액을 딴다. 그녀는 딴 돈으로 몇 달만 빌리려고 했던 별장을 구입하게 된다. 서늘하고도 짜릿한 이야기였다. 기분이 좋아진 나는 JJ에게 딴 칩을 몽땅 넘겨주었다. JJ는 바람보다 더 빨리, 바카라 테이블로 사라졌다. 모험에 나서는 다람쥐 같았다.

그날 밤 우리는 돈을 땄다가도 잃었고, 잃다가도 다시 땄다. 배가 고파지면 머리를 맞대고 쌀국수를 나눠 먹었고, 수다를 떨었으며, 맥주를 마셨다. 자정이 훌쩍 넘은 시각이라 피곤했지만 차가 끊겨 글레노리로 돌아갈 순 없었다. 우리는 첫차 시간이 될 때까지 기다리기로 했다. 주위를 둘러보니 혹시라도 거머쥐게 될지 모를 '행운', 그 '소문만 무성한 여신'을 기다리는 사람들이 테이블을 바라보고 있었다. 시선은 카드에 고정시킨 채로 한 손으로는 쌓아놓은 칩을 만지작거리고, 다른 손으로는 베팅을 하느라 여념이 없는 사람들. 그들은 감정을 숨기느라 무표정을 지었다. 기대와 실망, 흥분과 권태, 피로와 열의, 기다림과 좌절이 복합적으로 얽혀 있는 무표정이었다. 카지노에 있는 사람들은 결국 "고도를 기다리"는 사람들이다. 올 듯 올 듯 오지 않는 고도, 사람들을 더욱 미치게 하는 것은 고도를 봤다는 사람들이리라.

오전 6시, 밤을 새운 우리는 스타 시티에서 나왔다. 버스를 타기 위해 조지 스트리트George St.로 걸어가는 우리의 모습은 두 명의 패잔병 같았을 것이다. 머리는 떡이 져 있었고, 얼굴은 꾀죄죄했으며, 발은 퉁퉁 부었다. 피부가 건조해져 눈을 깜빡일 때마다 미세한 주름이 잡히는 기분이 들었다. JJ와 나는 피로했고, 풀이 죽어 있었다. 결국 고도는 오지 않았으니까. 우리는 부러 씩씩하게 걸어(나는 넷째 발가락에 물집이 잡혀 절뚝였지만) 집으로 향했다. 버스 안에서 우리는 헤드뱅잉을 하며 졸았다. 깨어나는 순간 부끄러웠지만, 부끄러움이 사라지기도 전에 다시 또 졸았다. 버스 안에 있던 사람들은 우리를 거친 여행중에 있는 사람들이라고 생각했을까? 사실 여행은 여행이었다. 거리로 나오니 한 10년, 다른 세상에서 살다 나온 기분이었다.

한 번쯤 카지노에서 게임을 해보는 것도 좋다. '잃어도 된다'고 생각하는 만큼의 돈으로 즐기되, 중독되지 않는다면 나쁘지 않다. 카지노 안에는 건강한 모험은 아닐지라도 약간의 모험이 있고, 온갖 인간 군상을 구경할 수 있으며, 짧은 시간 안에 희로애락을 경험할 수 있다. 무엇보다 그곳에는 일상과는 전혀 다른 시간이 흐른다.

ㅇ한번 살아보세요

시드니로 떠나기 전에 장강명의 소설 『한국이 싫어서』를 읽었다. 한국의 젊은 세대가 품고 있는 고민에 대해 그려낸 소설이었는데, 문장이 경쾌하고 유머가 있어 잘 읽혔다. 소설은 이십대 후반의 여자 주인공이 시드니로 떠나는 것으로 시작한다. 다니던 회사를 그만두고, 남자친구와도 결별한 그녀는 미련 없이 한국을 떠난다. 그러고는 워킹홀리데이 비자를 받아 시드니에서 일하며 적응한다. 그 과정에서 같은 처지의 젊은이들을 만나 교류하며, 한국과 호주 사이에서 이민을 고민한다. 자신이 태어난 나라를 버리고, 다른 나라를 선택하려는 이유가 무엇일까? 주인공은 '한국이 싫어서'라고 말한다. 깔끔한 이유다. 소설을 읽는 내내 작가의 재치 있는 문장에 웃다가도, 씁쓸해지곤 했다. '한국이 싫어서' 떠나겠다는 주인공의 결정에 동조할 수 있었기 때문이다.

돈이나 배경, 힘과 독기가 없는 사람들에게 한국 사회는 얼마나 각박한가? 지난날 한국은 '잘살기 위해' 쉬지 않고 달려왔다. 국민총생산은 28,000달러로 세계 수준으로 올랐고 기적을 이뤄냈다는 한강 중심으로 고층 빌딩과 아파트가 늘어섰다. 세계 어디에 내놔도 뒤처지지 않는 수도, '서울'을 갖게 됐다. 그러나 안쪽을 들춰보면 반짝이지 않는 사람들을 볼 수 있다. 도시는 화려하지만 개개인은 비참하다. 2000년 이후 기업 소득 비중은 OECD 회원국 중 가장 큰 폭으로 증가했지만 개인의 소득 증가율은 그에 비해 오르지 않았다고 한다. 국민총소득(GNI) 대비 기업 소득 비중이 OECD 회원국 가운데 가장 큰 나라가 한국이라는 것이다.

기업은 빠르게 커지고 개인은 갈수록 작아지고 있다. 일부 아르바이트생들은 최저시급도 못 받거나, "최저시급이 곧 최고시급"이라고 말한다. 대기업 위주의 경제 시스템 속에서 살아남기 힘들어진 자영업자들이 더 살기 힘들어진 서민들의 등골을 빼먹고 있는 것이다. 기업은 부강해지고, 개인은 가난해지며, 개천에서 용은커녕 미꾸라지도 태어날 수 없는 사회가 되었다. 더 말해보자. '열정'이라는 단어를 우리 사회는 어떻게 사용하는가? 꿈과 희망을 안고 시작하는 젊은이들에게 '한 달 교통비와 밥값도 안 되는 월급'(열정 페이)을 줄 때나 사용하지 않는가? 젊은이들의 열정을 착취하고 악용하는 기득권층은 부끄러운 줄 알아야 한다.

회사를 다닐 때 동료들과 했던 말이 기억난다. 이렇게 많은 사람들이 매일 야근을 하고, 열심히 일하는데 왜 월급은 오르지 않는가? 야근 수당도 받지 못한 채 왜 밤늦게까지 일해야 하는가(야근 수당이 나오지 않는 작은 회사에 다니는 사람들이 대기업에 다니는 사람들의 수보다 월등히 많다)? 매일 12시간 이상씩 근무하는 것이 제대로 된 삶일까? 남들이 싫어하는 일, 고된 일을 하는 사람들의 월급은 왜 더 적은가? 이렇게 일하면 삶의 질이 나아질 거라고 확신할 수 있는가? 교양과 학문에 매진하는 대신, 스펙을 쌓기 위해 영어 공부를 하고 고시나 공무원 시험을 준비하는 대학생들을 탓할 수 있는가? 살기 위해 꿈을 포기하고, 현실을 직시해야 하는 젊은이들을 누가 탓할 수 있는가? 얼마 전 굶어 죽은 연극배우와 시나리오 작가는 누구의 탓인가?

그나마 부모님의 도움으로 대학을 졸업하고 방을 얻어 살 수 있는 운이 좋은 젊은이들을 제외하고, 대다수의 젊은이들은 힘들게 살고 있다. 문제는 우리 사회가 과도한 경쟁으로 사람들의 피를 말린다는 데 있다. 우리는 이유 불문하고 어릴 때부터 과도한 경쟁에 휩싸여 지냈고, 끊임없이 수치로 계산된 평가를 받아왔으며 다른 사람과 비교당했다. 이기지 못하면 뒤처지는 것이고, 앞서지 않으면 지는 것이라고 배웠다. 2등은 덜 값진 것이라고 배웠다. 무엇이든 옆 사람보다는 잘해야 한다는 강박을 갖게 만들었다. 도대체 왜? 왜 옆 사람보다 항상 잘해야 하는 것일까?

한국이 싫어서, 다른 나라로 떠나겠다는 젊은이들에게 우리는 뭐라고 말해줘야 할까?

시드니에 와서 처음으로, '이민자移民者'라는 말의 의미를 따져보았다. 이민자는 "자기 나라를 떠나 다른 나라의 영토에 옮겨가서 사는 사람"이라는 뜻이다. 이 문장에서 나는 세 번 넘어졌다. 자기 나라, 다른 나라의 영토, 옮겨가서—부분이다. 원래 자기 땅이 있었던 사람들이 남의 땅에, '옮겨 가서' 살아야 하는 삶이 이민자의 삶인 것이다. 말과 뜻 속에 가시밭과 눈물이 있다. 꽃도 옮겨 심으면 꽃몸살을 앓는데, 사람은 오죽하겠는가? 조국을 떠나온 사연이야 개인마다 다르겠지만, 타지에서 사는 일의 고단함과 쓸쓸함, 때때로 밀려드는 회한과 고향에 대한 그리움은 다르지 않을 것이다.

시드니에서 만난 사람들—김미경 선생님 내외분, 유금란 선생님, 피터, 정동철 변호사, 시드니 한인문학회 캥거루 회원들—은 모두 이민자들이다. 그들은 우리를 집으로 초대했고, 식사를 대접해주었다. 함께 거리를 걸었고, 여행했으며, 공연을 보았다. 그리고 한국과 시드니에 대해 소소한 이야기를 끊임없이 나누었다.

시드니 한인문학회 '캥거루'는 정기적으로 모여 시와 수필과 소설을 읽고 쓰는 모임인데, 한국 문학에 대한 관심과 열정이 대단했다. 특히 수필분과인 '블루마운틴' 회원들은 그동안 쓴 수필을 모아 '책'으로 엮어내는 게 가장 큰 소망이라고 했다. 그들 중 몇 명은 발간된 자신의 책을 보여주며 뿌듯해했다. 누가 봐주길 바라는 것보다 모국어로 글쓰는 일 자체를 기쁨으로 삼는 사람들의 진심이 느껴졌다. 밖에서는 영어를 사용해 생활하지만, 집에 돌아와서는 모국어로 읽고 쓰는 이민자들이 있는 것이다.

추석에는 김미경 선생님과 남편 주승환 선생님, 대학원에 다니는 테디

내외, 윤희경 선생님의 남동생이 글레노리 집에 놀러왔다. 명절 때가 되면 한국에 대한 그리움이 커지기 때문에 친한 사람들끼리 모여 명절을 함께 보낸다고 했다. 나는 잠깐 머물다 가는 사람인데도 나라 밖에서 명절을 맞는 기분이 이상했다. 서울에서 차례를 지낼 엄마와 남동생이 보고 싶었고, 아홉 시간 걸려 고향에 내려간다는 친구 생각도 났다. 인터넷으로 한국의 '도로 상황'을 검색해보기도 했다. 지금 도로가 완전히 막혔나봐, 새벽이 돼야 풀리겠지. 매년 이게 웬 난리야, 이런 말을 중얼거리며 추석을 맞을 한국을 떠올렸다. 떠나오면 마냥 신날 줄 알았는데 뜻밖이었다.

김미경 선생님은 집에서 직접 기른 상추와 야채를 뜯어와 즉석에서 겉절이를 해주셨다. 상추를 씻는데 새끼 손가락만한 민달팽이가 나왔다. 테디가 밖에 놓아주었다. 시드니에서 커다란 대야에 고춧가루와 마늘, 각종 양념을 넣고 겉절이를 하는 기분이 색달랐다. 고기를 굽고, 테디가 직접 빚어온 만두를 쪘다. 완성된 겉절이와 송편, 총각김치, 묵은지에 와인을 곁들여 베란다 테이블에 한 상 차리니 그제야 추석 같았다. 시드니 밤하늘에 보름달이 떠 있었다. 소원을 짧게 빌고, 음식을 먹었다. 이야기의 주제는 추석, 한국, 이민, 시드니에서 생활 등으로 이어졌다. 주승환 선생님 말씀이 특히 인상적이었다.

"이민 와서 얼마 안 됐을 때였어요. 집사람과 함께 컴벌랜드 주립공원Comberland State Forest Arboretum으로 산책을 나갔지요. 유칼립투스 나무들로 가득한 숲인데, 가보셨지요? 산책 코스가 여러 개 있는 근사한 공원이지요. 집사람과 계단을 막 올라서려는데, 산책을 마치고 내려오는 노부부를 만났어요. 서로 인사를 하고, 모두 한국 사람인 것을 알게 되었지요. 어르신이 물으시더라고요. 잠깐 놀러온 건지, 살러 온 건지요. 살러 왔다고 하니 잠시 말이 없으세요. 조용히 미소를 지으시더군요. 그러고는 나직한 목소리로 '한번 살아보세요'라고 하셨어요. 살면서 자꾸 그때 그 말씀이 떠올라요. 그렇지요. 남의 나라에서 산다는 게 쉬운 일이 아니에요."

공원에서 막 내려온 노부부와 공원을 이제 올라가려는 젊은 부부가 입구에서 만나 이야기를 나누는 장면이 그려졌다. 이미 힘든 시간들을 겪어온 노부부는 젊은 부부 앞에서 부정적인 말도 그렇다고 긍정적인 말도 해줄 수 없었을 것이다. 미소와 침묵, 한번 살아보세요, 라는 말 속에 많은 의미가 담겨 있었을 것이다.

명절 때만 되면 더욱 한국이 생각난다는 테디의 남편은 취기가 많이 올라 있었다. JJ에게 "성! 우린 고향이 같잖우!" 하고 말하며, 자꾸 얼싸안았다. 윤희경 선생님 남동생은 "집사람은 아직도 한국을 그리워해요. 지금도 한국에 있어요. 잠깐 다녀온다고"라고 말했다. 그 마음을 알 것 같았다. 한 달 가까이 시드니에 있으면서 나는 JJ에게 물어본 적이 있다. 만약 편하게 이민 갈 수 있는 방법이 마련되고 상황이 허락된다면, 당신은 시드니로 이민 와서 살고 싶냐고. JJ는 길게 생각하지 않고 아니, 하고 답했다. 나는 안도했다. 나 역시 그랬으니까. 『한국이 싫어서』를 공감하며 읽었고 이민을 생각하는 사람들 마음도 이해하지만, 게다가 시드니만큼 살기 좋은 곳도 없다고 생각하지만 웬일인지 한국을 떠날 수 없을 것 같았다. 설에는 떡국을 먹고, 추석에는 송편을 먹는 것, 여름엔 팥빙수를, 겨울엔 팥죽을 먹으며 사는 것이 좋으니까. 출퇴근 시간에 지하철을 타면 호주머니에서 휴대전화를 꺼내기 힘들 정도로 찡겨 가야 하는 것을 알지만, 모국어로 말하고 모국어로 시를 쓸 수 있는 한국이 좋다.

시드니에서 맞은 추석. 멀리 떠나와 사는 '내 나라 사람들'과 같이 머물며, 한국을 생각했다. 결국 한국이 싫다고 말하는 것은 한국을 사랑하는 사람들의 특권이라는 것을, 좋아하기 때문에 불평하는 것임을 알게 되었다. 떠나보면 안다. 그곳이 어떤 곳이었는지.

문화라는 것은 주름이나 표정처럼 몸에 배는 것이다. 결국 무엇을 어떤 방식으로 해 먹고 사느냐의 문제다. 시드니에서도 된장찌개와 배추김치를, 갓김치와 총각김치를 만들어 먹는 사람들, 떡과 쌀밥을 먹는 사람들이 행복하게 살았으면 좋겠다.

떠나왔지만, 완전히 떠나오진 못한 사람들. 내 나라 사람들. 생각하니 그립다. "그립다 말을 할까 하니 그리워" 소월의 노래를 읊어보는 저녁. 아무래도 나는 이민은 안 되겠다. 한국이 좋아서.

ㅇ밤이 지극하다

바다를 건너려는 밤이다.

크리몬 포인트에 가기 위해 페리를 기다리는 동안 어두워졌다. 저녁이 밤으로 몸피를 바꾸는 순간을 알아채지 못했다. 시골에서는 밤이 오는 모양을 상상할 수 있다. 시골의 밤은 성큼성큼 걸어오거나 점층적으로 번진다. 반면 도시의 밤은 덮치듯이 온다. 도착을 알기 어렵다. 어둠을 훼방하는 인공 조명들이 기괴하게 반짝이며 밤보다 앞서 도착한다. 밤의 표면이 빛으로 까진다. 첨탑과 마천루를 타고 흘러내리는 밤의 노란 피들. 도시의 밤은 힘겹게 깊어진다. 완전히 어두워지는 데 실패한다.

내리던 비가 그치고, 공기는 쌀쌀해졌다. 선착장 근처에 걸인들이 앉아 있었다. 시드니의 걸인들은 품위가 있다. 향초를 켜놓았고, 큰 개를 길렀다. 물건들을 잘 정돈해 돗자리에 늘어놓았다. 비록 구걸을 하고 있었지만 그들에겐 '생활'이 있었다. 취향과 자존감이 있었다.

페리에 올라타는데 지난 4월, 세월호의 악몽이 생각났다. 한동안 바다나 배를 바라보는 일조차 힘들었다. 모두에게 트라우마를 남기고 아직도 미해결 상태로 남아 있는 사건. 아름답기로 유명한 시드니 항구에서 배를 타는데 죄책감이 들었다. 살아남은 자는 다시 , 바다를 건너야 한다. 누군가는 사라졌지만, 우리는 살아졌다.

2층 야외석에 자리를 잡고 앉았다. 배가 흔들리며 앞으로 나아갔다. 바람이 옷 속으로 파고들었고, 머리카락이 흩날렸다. 배가 나아갈수록 시티와는 멀어졌다. 하버 브리지Harbour Bridge와 오페라 하우스, 조명으로 빛나는 카페 거리, 달링 하버의 회전 관람차가 점점 작아졌다. 배 위에서 보는 야경이 아름다워 헉, 소리가 났다. 방금 전까지 내가 머물던 거리가 저렇게 아름다운 곳이었다니! 멀리서 봐야 그 가치를 알 수 있다는 것을 체감했다. 멀어지는 도시를 향해 나도 모르게 '안녕'이라고 말했다. 다른 어떤 말도 떠오르지 않았다. 이유 없이 가슴이 뭉클했다. 이쪽에서 저쪽으로, 바다를 잠깐 건너는 것뿐인데 무언가 중요한 것과 작별하는 것처럼 가슴이 아팠다. 이렇게 아름다운 순간은 살면서 많이 오지 않겠구나. 지금 내가 인생에서, 가장 아름다운 순간을 관통하고 있다는 것을 '직감적으로' 깨달았다. 아름다운 순간은 붙잡아둘 수 없다. 안녕, 안녕, 누구에게랄 것 없이, 몇 번이나 인사했다. 배 위를 둘러보니 맞은편에 수염이 하얗게 샌 남자가 턱을 괸 채 바다를 보고 있었다. 남자의 얼굴에 눈이 갔다. 심상한 듯 보이는 얼굴이 밤의 표정과 닮았다는 생각이 들었다.

크리몬 포인트에 내리자 페리가 바다 저쪽으로 미끄러져갔다. 나와 젊은 남자 한 명만 내렸다. 시드니 주택가는 저녁 6시만 지나도 거리에 지나다니는 사람이 드물었다. 마을버스 한 대가 문을 연 채 손님을 기다리고 있었지만 타는 사람은 없었다. 조용하고 어두워서 오싹한 기분이 들었다. 휴대전화로 조명을 켜고, 앞서가는 남자를 따라 걸었다. 걸음이 어찌나 빠른지 금세 차이가 나고 말았다. 구글 지도를 보면서 예약한 호텔까지 더듬더듬 찾아갔는데, 5분 정도 걸으니 호텔이 나왔다. 호텔이라기보다는 게스트하우스에 가까운, 작고 깨끗한 곳이었다. 안으로 들어가니 투숙객이 아무도 없는 것처럼 고요했다. 체크인을 위해 카운트로 가니 내 이름 'Park'이 쓰여 있는 작은 봉투를 주었다. 봉투에는 카드키와 주변 지도가 프린트되어 있는 종이가 들어 있었다. 직원에게 혹시 저녁을 먹을 수 있을지 물어보자 '미안하지만 안 된다'는 말이 돌아왔다. 작은 호텔이니까. 그렇지만 배가 고팠다. 점심 이후로 커피 외에는 먹은 게 없었다. 주변에 음식점이 많을 거라고 생각한 게 잘못이었다. 계단을 올라가는 길에 자판기에서 코카콜라 한 캔과 포테이토칩 하나를 뽑기로 했다. 정확히 4달러의 동전이 필요했는데, 주머니란 주머니는 다 뒤져서 겨우 4달러를 만들 수 있었다. 호텔이 워낙 조용해서 동전 넣는 소리가 작은 통조림을 하나씩 떨어뜨리는 소리처럼 크게 들렸다. 뚱뚱한 백인 남자가 자판기 앞을 지나가며 무슨 말인가를 했다. 미소를 짓는 표정이 좋아 알아들은 것처럼 '땡큐' 하고 대답했다.

글레노리에 있는 JJ에게 배고픈 밤, 호텔에 코카콜라 한 캔과 과자 한 봉지밖에 먹을 것이 없다고 사진을 찍어 보냈다. 금세 답장이 왔다. "하룻밤 정도는 굶어도 죽지 않을 거야." 죽지 않을 거란 말에 피식 웃음이 나왔다. "아마도"라고, 답장을 보낸 후 과자를 아껴 먹었다. 호텔엔 마실 물도 없었다. 다음날 아침까지 나눠 마실 요량으로 코카콜라도 아껴 마셨다. 맥주 한 캔만 마실 수 있다면! 서울처럼 물이고 맥주고, 먹을 것을 파는 데가 건물 앞에 얼마든지 있다면 좋겠지만 이곳은 시드니 주택가다. 구멍가게라도 찾으려면 한밤중에 모르는 길을 한참 동안 헤매야 할 것이다.

질소가 더 많았던 과자 한 봉지를 먹은 뒤, 침대에 드러누웠다. 다른 세계에 온 것 같았다. 무거울 거라며 책을 한 권도 안 챙겨온 것을 후회했다. 할 일이 없었다. 가만히 누워 있으니 이곳에 나와 밤, 둘뿐이라는 생각이 들었다. 아무것도 없이, 그저 밤이구나. 아무것도 할 게 없으니 밤을 느끼는 수밖에. 창문을 열자 바람이 들어왔다. 창문 앞에는 밤의 딱딱한 손가락처럼 나뭇가지가 늘어져 있었다. 다시 누웠다. 밤과 밤과 또 밤뿐이었다. 밤의 순도에 기가 질려 잠자코 있었다. 고아원에 혼자 남은 아이가 된 기분이었다. 이렇게 혼자구나, 사람은. 오롯이 혼자구나.

낯선 곳에서 혼자 자게 되면, 게다가 그곳이 조용한 곳이라면 밤이 지극하다는 것을 알 수 있다. 밤의 시작과 끝, 밤이 불러오는 효과—존재의 윤곽이 밤 안에서 더욱 또렷해지는 마술—에 대해, 온갖 기척을 잡아먹은 것 같은 '고요'에 대해. 고요라니, 창문 밖에 흘러다니는 것들. 고요는 새벽의 나무들이 나눠 갖는 것이다. 오랜 시간 울다 지쳐 잠든 이의 입술

위를 맴도는 것이다. 장소보다는 시간에 깃들기 쉬우며, 초대할 수 없고 응할 수 없는 것이다.

내 몸이 가닿을 수 없는 곳을 흘러다니는 것 같았다. 몸과 마음과 정신이 세 갈래로 갈라져, 따로 또 같이 선명하게 살아 있는 것 같았다.

모든 밤이 지극한 것은 아니다. 다만 어떤 밤은 너무나 지극해서 머리카락 한 올이 떨어지는 소리까지 들릴 것 같다. 식물의 키가 밤새 줄어드는 소리나 전깃줄이 바람에 흔들리는 소리까지, 몰래 접어둔 걱정 한 덩이가 뒤척이는 소리까지 들릴 것 같다. "들어라, 사랑하는 이여, 걸어오는 밤의/ 부드러운 발자국 소리를 들어라." 보들레르의 시구처럼, 밤은 고요를 안개처럼 끌고 터벅터벅 걸어온다. 그날, 그 작은 호텔방에서의 밤이 그랬다.

전에는 밤의 고요를 함부로 깨뜨리고, 고요의 파편을 뒤집어쓴 채 엎드려 시를 썼다. 그런 시절이 있었다. 요새는 엎드려 시를 쓰려고 하면 허리와 무릎이 아프다. 시쓰는 얼굴이, 또 자세가 바뀌었다. 밤에 쓰는 시들이 시들해졌다. 밤에는 신묘한 힘이 있어, 밤에 하는 모든 일들은 한계를 훌쩍 넘기도 하고, 아름다운 결과를 낳기도 한다. 드라마틱한 일을 경험하고자 하는 이들은 그게 무엇이든 밤에 하는 게 좋겠지만, 나는 요새 좀처럼 그러고 싶지 않다. 그냥 밤에 가만히 있거나 자는 게 좋다.

내가 소진되어 있을 때, 하루를 탕진해 몸과 마음이 가난해졌을 때도 밤은 온다. 아침이 온다는 사실보다 때로 밤이 온다는 사실에 더 위안을 받는다. 밤은 뒤척일 수 있다. 아무것도 안 할 수도, 울 수도, 잘 수도, 꼬박 샐 수도 있다. 밤은 잉여다. 선물이고, 자유다.

그날 밤은 처음 맞는 밤처럼 생경했다. 찬 비늘 같은 밤의 기운을 느끼며, 어둠 속에 불을 켜고 들어앉은 마음을 들여다보았다. 밤을 휘저어놓기에는 기력과 정성이 모자랐지만, 가만히 지극한 밤을 느꼈다. 지극함으로 가득찬 밤은 그 자체로 토닥임과 격려, 치유의 힘을 갖고 있다.

○ 책 소파

그렇다니까. 왜 웃어? 독서대랑 똑같은 거냐고? 절대 아니야. 말하자면…… 이건 책 소파야. 책이 앉는 소파. 아니, 웃지 마! 농담 아니야. 이거 정말 기막힌 물건이라니까. 전에는 장식품 사왔다고 심통 부렸잖아. 너 다시 태어나면 중세 시대로 돌아가 기사가 되고 싶다고 그랬잖아. 그래서 프라하 성에서 파는 제일 멋진 '기사'를 사다줬더니 시큰둥하고! 이번에는 정말 실용적인 거, 요새 너한테 제일 필요한 것을 생각하다 고른 거야. 농담 아니야. 이걸 서점에서 딱 마주친 다음에, 내 눈을 의심했어. 10분 동안이나 그 앞에 서서 이리저리 들여다보았다고. 왜긴? 너무 놀랍잖아. 이거 호주에 사는 독서광인 여자가 발명한 상품이래. 웃지 마. 실은 너도 기대되지? 실제로 보면 좋아 죽겠다고 할걸.

침대에서 옆으로 눕거나 엎드려서, 편한 자세로 책을 볼 수 있어. 뭐랄까? 옆으로든 앞으로든 자유롭게 움직이게 되어 있거든. 정식 명칭은 '북 시트book seat'야. 모래시계처럼 생겼어. 아니, 정말 모래시계가 아니라, 뭐라고 설명해야 하지? 그냥 안에 모래 같은 게 들어 있는 것 같다고. 부드럽게 움직이거든. 모래가 아니라 모래 같은 거. 보면 바로 알 텐데, 답답하다. 색깔? 파란색. 그렇지? 파란색은 딱 하나 남았더라고. 카페에서 책 볼 때, 독서대 있었으면 하잖아. 그런데 무거워서 들고 다닐 수 있어? 이건 가벼워서 어디든 들고 다닐 수 있어. 웃지 마, 바보야! 왜 못 들고 다녀? 넌 너무 사람들 눈을 의식하더라. 사람들이 부러워할 거야. 어디서 샀냐고 물어볼지도 몰라. 아무튼 이렇게 유연하고 창의적인 물건은 처음 봤어. 얼마냐고? 야 야, 싸지도 않아. 생각 같아선 한 열 개 사서 친구들에게 쫙 돌리고 싶었는데…… 몰라! 네가 마음에 안 든다고 하면, 내가 쓸 거야! 삐지긴. 됐어. 그래. 그렇지? 너도 맘에 쏙 들 거라니까!

남동생과 전화 통화. 책 소파를 이해시키는 것이 어려웠다. 설명하는데, 자꾸 동생이 웃어서 더 흥분하고 말았다. 나중엔 둘이 얼마나 낄낄거렸는지. 그 과정이 우습고도 행복했다.

선물은 내가 좋아 보이는 것을 주는 게 맞는 걸까, 아니면 상대방이 좋아할 만한 것을 주는 게 맞는 것일까. 아무래도 후자가 맞는 것 같다. 몇 달 전 JJ가 나를 위한 선물이라고 강조하며 자신이 보기에 흡족했던, 전신 거울을 배달시킨 적이 있다. 선물이라니 기뻐하는 '척'했지만, 나는 전신 거울이 필요하다고 느낀 적이 없었기 때문에 당황했다. 거울을 선물로 살 바에는 다른 것을 물어보고 사 주지, 하는 마음에 샐쭉해졌다. 요새도 집에서 거울을 보며, JJ는 흡족해하고 나는 별생각이 없으니, 선물은 역시 상대방이 바라는 것을 해주는 게 좋은 것이다. 그러나 동생아, 네가 직접 써보렴. 책 소파라니 근사하잖아. 좋아서 펄쩍 뛸 거야, 라고 생각하는 나. 별수 없는 걸까?

내가 좋아하는 것을 남들도 좋아하도록 이해시키는 일, 어렵구나!

ㅇ돌아와서도 헤매야 한다

시드니를 떠나 인천공항에 도착했을 때에도 돌아왔다는 실감이 나지 않았다. 공항철도를 타고 내가 사는 도시, 홍대입구역에 내리자 비로소 실감이 났다. 몸이 익숙한 곳을 먼저 알아챘다. 오랜 비행 탓에 떼꾼한 눈에 푸석한 얼굴이었지만 몸 구석구석이 편안해하는 것을 느꼈다. 무사히 돌아왔다는 생각에 웃음이 났고, 주위를 두리번거리지 않았으며, 문자를 해독하려고 간판을 주시하지 않았다. 이곳은 내가 눈감고도 아는 곳이었다. 나는 홍대입구역의 1번부터 9번까지, 어느 출구가 어느 곳과 연결되는지 알고 있다. 여행 가방을 편하게 옮길 수 있는 에스컬레이터나 화장실, 서점, 액세서리 가게 등의 위치를 파악하고 있다. 이곳은 '몸이 기억하는 장소', 나의 도시니까!

홍대입구역 3번 출구로 나오면 내가 자주 가는 카페 꼼마가 나오고, 그 앞에 기찻길을 재개발한 경의선숲길이 나온다. 사람들이 산책을 하거나 앉아서 수다를 떨고, 잔디에 누워 쉬기도 하는 곳이다. 오랜만에 공원을 지나니 많은 생각이 교차했다. 머리 위로 고향의 구름이 흐르고, 익숙한 표정의 사람들이 지나다녔다. 모두 아는 얼굴들 같아 인사하고 싶었다.

물론 공원은 시드니에서 보았던 공원하고는 비교할 수 없이 작고 초라하게 느껴졌다. 시차는 없었는데, 장소의 차이가 느껴졌다. 사람들은 시드니에서 봤던 사람들만큼 행복해 보이지 않았고 표정이 없었지만 익숙한 무표정이었다.

저들과 나는 얼마나 많은 것을 공유하고 있는가? 서로 모르는 채로 우리가 나누고 있는 많은 것들을 생각해보라. 지리, 역사, 정치는 물론이고 익숙한 풍경들.

저 골목을 돌면 오래된 칼국숫집이나 카페, 서점, 약국이 나올 것임을 우리는 알고 있다. 안국역으로 가기 위해서는 지하철 3호선을 타야 하고, 2호선 어디 즈음에서 분당선으로 갈아타야 하는지, 이순신 동상을 보기 위해 광화문 몇 번 출구로 나가는 게 가까운지, 서울에서 기와집이 가장 많은 동네는 어디인지 우리는 알고 있다. 앉은자리에서 대한민국 대통령을 역임한 사람 이름 다섯 정도는 순식간에 말할 수 있고, 자신의 성향과 취향에 맞는 기사를 써주는 신문은 어떤 건지, 가을 단풍을 보기 위해 어디로 가면 좋을지 우리는 알고 있다. 서울에서 부산까지 KTX로 얼마나 걸리는지, 동서울터미널과 남부터미널, 고속버스터미널 중 어디에서 버스를 타면 목적지까지 편하게 갈 수 있을지 판단하고 생각할 수 있다. 명절에는 사람들이 평균 어느 정도 휴가를 쓸 수 있는지, 가족들과 앉아서 어떤 음식을 먹을지, 고향에 내려갈 때 길은 어느 정도 막힐지, 언제 정체가 풀릴지 우리는 짐작할 수 있다. 영화를 보기에 CGV가 좋을지, 롯데시네마가 좋을지, 예술 영화를 상영하는 극장은 어느 동네에 있는지 우리는 알고 있다. 요새 유행하는 음악이나 베스트셀러 책들, 프로야구 우승 후보는 어느 팀이 유력한지 우리는 알고 있다. 왜냐하면 우리는 삼면이 바다로 둘러싸여 있는 땅에서, 문화와 역사를 공유하며 '함께' 살아왔기 때문이다.

경의선숲길에 앉아, 익숙한 풍경이 주는 편안함을 만끽하니 이런 생각이 들었다. 내가 알고 있는 것을 당신도 알고 있다는 것은 얼마나 감동적인 일인가? 이 사실이 왜 새삼 벅차오르는지 모르겠다. 먼 곳에서 이방인으로 한 달을 살아봐서일까?

시드니에서 나는 버스를 몇 번이나 잘못 탔다. 목적지에서 더 멀어졌고, 낯선 동네에 도착하여 당황하기도 했다. 집으로 돌아가는 버스 타는 곳을 몰라 JJ와 한 시간 넘게 시티를 헤매기도 했다. 정류장 표지판이 보이면 캥거루처럼 뛰어가 버스 노선을 확인했다. 피곤했고 입이 바싹 말랐다. 헤맨 끝에 버스 정류장을 찾았을 때는 환호성을 질렀다. 시드니에서 사용할 수 있는 교통카드를 만들기 전에는(한참 후에야 만들었다) 승차비를 몰라 일일이 금액을 물어가며 지불해야 했고, 기차역을 찾느라 헤매기도 했다. 시티를 도는 무료 셔틀버스 555번의 정류장을 찾느라 허둥댔고, 도착 시간을 잘못 알아 눈앞에서 페리를 놓치기도 했다.

낯선 곳을 여행해보면 안다.
여행은 불편을 동반한 낯선 상황의 연속이라는 것을.
불안과 스트레스를 동반하며
익숙함을 그리워하게도 만든다는 것을.

돌아와보면 안다.
익숙할 때 즈음 그곳을 떠나왔음을.
이곳의 익숙함이 달콤하고 감동스럽게 느껴지지만
잠깐일 뿐이라는 것을.
조만간 권태에 빠져,
불편과 낯선 상황을 향해 달아나고 싶어할 것임을.

일상을 여행처럼, 여행을 일상처럼 살 수 있다면 좋겠다.
서울을 서울 밖에서 바라보듯 거리를 두고,
돌아와서도 헤매야 한다.

봄이다! 담을 쌓는 대신 갖가지 꽃나무로 집과 길 사이 경계를 세운 글레노리 주택가. '흐드러지다'라는 말의 뜻을 알고 싶다면 이 길을 걸어봐야 한다. 동네 전체가 커다란 부케, 꽃 잔치다!

축구장도 국립공원도 아니다. 주민들이 예약하고 와서 크리켓도 하고 부메랑도 던지는 동네 운동장Les Shore Recreation Reserve이다. 집 근처라 매일 갔던 곳.

폭삭 익기를 거부하는 시드니 옥수수. 씹으면 반항이라도 하듯 물이 찍 나온다. 새파란 하늘을 보며 탱글탱글한 옥수수를 씹는 재미!

부엌에서 소시지를 삶고 스테이크를 굽고, 김치찌개와 된장찌개, 스파게티 등을 만들어 먹었다. 남의 부엌을 우리 부엌처럼 잘도 사용했다. 와인과 맥주가 빠지지 않는 저녁 메뉴.

우리가 가장 좋아한 장소, 베란다. 이 보다 더 훌륭한 카페테리아가 있을까? 이곳에 있으면 새와 벌, 자벌레와 도마뱀, 머리가 큰 구름들, 탁 트인 자연을 만날 수 있다. 돌아와서도 가장 그리워했던 곳.

정원 가꾸는 일에 목숨을 거는 시드니 사람들. 잘 가꾼 정원에 '몰래' 들어가 사진을 찍었다. 부러우니까!

해질녘 베란다에서 바라본 풍경. 우리는 저 순한 윤곽을 숲과 하늘을 나누는 '숲평선'이라 불렀다. 불빛 한 점 없이 어둠에 잠기는 자연을 바라보는 일로 하루를 마감했다.

우유통을 우편함으로 사용하는 시드니 주민들의 센스. 낮게 내려앉은 구름들, 발끝에 차일 것 같은 저 구름들이야말로 시드니 특산품이다.

나무 그늘을 돗자리 삼아 털썩 주저앉고 보니 같은 쪽으로 뻗어놓은 발이 보인다. 함께 걷고, 함께 쉬는 것을 기꺼워하는 우리의 발! 발이 주인이다.

○ 컴벌랜드 주립공원

우리의 어색하고 촌스러운 포즈. 날씨가 좋아서 신이 났던 하루.

유칼립투스 나무를 비롯해 갖가지 식물이 많은 컴벌랜드 주립공원. 나무들이 내뿜는 산소를 마시며 숲길을 누비는 재미가 있다. 다양한 산책 코스가 있다.

시드니의 주립공원이나 야외 카페에는 꽃모종을 파는 곳이 많다. 김미경 선생님께 봉오리진 서양 양귀비 다섯 모종을 사드렸는데, 다음날 주홍색 꽃이 피었다고 사진을 보내주셨다. 기분도 활짝!

세인트 알반스, 오래된 식당에서 먹은 호주의 가정식. 미트파이 소스와 짭조름한 양파 수프가 맛있었다.

마침 'ST. Albans Writers' Festival'이 열리고 있었다. 우리를 위해 이럴 것까지는~, 능청스레 한자리 꿰차고 앉았다. 봄꽃은 만발, 시드니 작가들은 시끌벅적, 기분은 둥실. 맥주를 마시며 음식을 기다리고 있다.

ㅇ 세인트 알반스

혹스베리Hawkesbury 강가에서 낚시를 하는 세 식구. 낚싯대를 잡고 낑낑거리는 귀여운 남자아이와 젊은 부부의 모습이 그림 같았다.

저 나무들! 초록 레이스로 짠 드레스를 입고 걸어가는 키 큰 처녀애들 같기도, 키 크는 마법에 걸린 콩나물 무리 같기도 하다. 끝내 이름을 알아내지 못해 나 혼자 '이슬비 나무'라 불렀다.

1836년에 시어진 식당 'Settlers arms inn'. 지은 지 200년 가까이 된 식당 내부로 들어가면 고흐의 〈감자 먹는 사람들〉이 떠오른다. 어두한 조명, 동굴같이 아늑한 곳에서 식사하는 사람들.

비가 오락가락하던 날씨. 풀을 뜯어먹던 소들은 겁도 많지. 반가워 다가가니 혼비백산이다. 도망가지 마!

ㅇ달링 하버

이름도 달콤한 달링 하버. 이곳은 차가 지나다니지 않는 달링 하버 다리다. 걸을 때마다 여기가 바로 시드니구나, 느낄 수 있었던 곳.

고층 빌딩과 정박된 배들, 살찐 갈매기들과 키스하는 연인들이 어우러진 달링 하버. 아무데나 걸터앉아 커피를 마시기도, 바다를 보며 수다를 떨기도, 천천히 걷기에도 좋은 곳이다.

사진을 찍으려고 서 있자, 갈매기 한 마리가 얼른 내려앉는다. 그래 알았다, 같이 찍자!

달링 하버에 있는 툼발롱 파크Tumbalong Park. 주말엔 아이들을 데리고 나온 가족들로 붐빈다. 이곳에 앉아 책을 읽기도, 시드니 사람들의 일상을 들여다보기도 했다. 느림과 평화가 공존하는 곳.

빵과 쿠키, 롱블랙이 있는 카페를 어디에서나 볼 수 있다. 시드니 커피 맛은 최고! 커피 마시는 사람들로 북적이는 것은 서울이나 시드니나 비슷하다.

어두워질수록 근사한 달링 하버. 천천히 돌아가는 회전 관람차와 멀리 보이는 오페라 하우스, 언제나 끼고 싶어하는 갈매기들.

파닥이는 인류! 툼발롱 파크에서 물놀이하는 아이들을 보느라 시간 가는 줄 몰랐다. 생동으로 가득찬 아이들에게 어른들은 줄곧 재미있는지, 얼마나 재미있는지 물어봤다. 맞아, 사는 건 재밌어야지!

시드니의 상징, 조가비 모양의 오페라 하우스. 몰려든 관광객들로 언제나 분주한 곳이다.

오페라 하우스 부근, 건물 밖으로 나가는 통로다. 역동적으로 움직이는 아이들의 모습이 아름다워 사진을 찍는데, 관광객 한 명이 "Beautiful!"을 외치며 내 옆에서 따라 찍는다.

서큘러 키 카페 거리. 바닷바람을 맞으며 간단한 식사와 커피를 들기에 좋다. 사진을 자세히 보면 나도 보인다. 고개를 숙이고 영수증을 보며 마음 아파하는 중이다. 비싸!

해 지는 풍경은 멜랑콜리를 불러온다. 아름다운 순간도 기어코 저문다는 것, 무엇도 영원할 순 없다는 것을 받아들이게 한다. 안으로, 눈물이 차오르는 기분. 어떤 풍경은 울 수도 없게 한다.

조지 스트리트에 있는 대형 서점. 책을 입체적으로 진열한 방식이 흥미로웠다. 동생에게 줄 북시트(책 소파)를 구입했다.

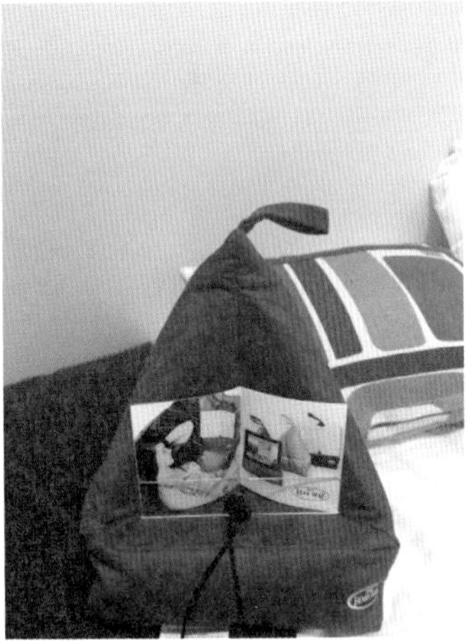

조지 스트리트에 있는 서점에서 산 책 소파! 호주 독서광이 발명한 아이디어 상품이다. 가볍고 편하고 뒤집으면 쿠션이 되니 반하지 않을 수가 있나.

야외 카페에서 맥주를 마시며 도시의 야경을 바라보았다. 등뒤엔 시드니 국기 두 장이 앙증맞게 펄럭이는 하버 브리지.

시티의 야경. 매일 이 거리를 걸을 수 있다면!

금요일마다 열리는 록스의 'Friday Foodie Market'. 식사를 하고 가서 음식을 눈과 코로만 먹었다. 주변에 호주 특산품(꿀, 양모 부츠)을 파는 작은 가게들이 많다.

시티에서 가장 오래된 역사를 가진 록스 거리. 1788년 영국계 이주민들이 이곳에 최초로 정착했다고 한다. 돌로 된 바닥과 고풍스러운 건물이 유럽에 온 것 같은 느낌을 준다.

ㅇ크리몬 포인트Cremorne Point

크리몬 포인트에 가기 위해 선착장에서 페리를 기다린다. 저녁은 빠른 속도로 밤이 되고, 이런저런 상념으로 출렁이는 바다.

배를 타고 나아갈수록 시티는 멀어졌다. 내가 있었던 곳이 저 아름다운 도시였구나. 안녕, 안녕. 누구에게랄 것도 없이 인사하게 되었던 밤. 안녕.

무슨 생각을 하고 있을까, 저 남자는. 멀어지는 도시를 바라보는 남자의 무심한 표정. 자꾸 보게 되었다. 그렇지요. 저도 그래요. 생각이 나요. 이런저런 일들이요.

호텔에서 자고 나와 바라본 크리몬 포인트 아침 풍경. 물감을 풀어놓은 듯한 하늘이란 게 이런 거구나! 감탄, 또 감탄! 조깅을 하는 사람들이 많은 평화로운 아침이다.

시티로 나가는 페리를 타기 전, 이곳을 더 만끽하고 싶어 벤치에 앉았다. 멀리서 바라보니 더 아름다워 보이는 시티 풍경. 어떻게 살아야 할까, 슬그머니 고개를 드는 물음 하나.

크리몬 포인트에서 두번째 맞는 아침. "세상의 모든 아침은 다시 오지 않는다"(파스칼 키냐르의 『세상의 모든 아침』). 다시 오지 않을 아침 속 우리 둘.

넓은 운동장에서 아이들은 크리켓을 하고, 의자를 나란히 놓고 바라보는 노부부. 토요일 오후다. 우리도 그뒤에 나란히 앉아 있었다. 바라볼 수밖에. 자리를 비운 할아버지도 곧 오실 것이다. 부부란 저렇게 의자를 나란히 놓고 한곳을 바라보는 사람들일까?

2

장석주

차례

걷기는 세계를 느끼는 관능에로의 초대다.

걷는다는 것은

세계를 온전하게 경험한다는 것이다.

—다비드 르 브로통, 『걷기예찬』

서문

'1인분의 고독'에서 '2인분의 고독'으로

1인분의 고독

당신이 보인 뜻밖의 사적인 관심은 나를 놀라게 하기에 충분합니다. 사회적으로 널리 통용되는 관례적 방식을 빌리기는 했지만, 당신의 '사랑한다'는 고백에 놀랐어요. 그리고 기뻤습니다.

잎을 가득 피워낸 종려나무, 바다에 내리는 비, 그리고 당신. 그것은 나를 기쁘게 하는 것들의 목록이에요. 기름진 경작지 같은 당신의 황금빛 몸, 물방울처럼 눈부시게 튕겨오르는 당신의 젊은 사유, 서늘한 눈빛을 상상만 해도 나는 가슴이 두근거립니다.

사랑이라니! 와디를 아시는지요. 사막의 강, 우기 때 물이 흐른 흔적만 남아 있는 메마른 강. 난 그런 와디나 다름없어요. 누구도 받아들일 줄 모르는 인색하고 협량한 마음의 와디. 당신이 흐르는 강물이 되어 이 협량한 마음의 와디를 가득 채우고 흐르길 오랫동안 꿈꾸었지요. 당신의 강물로 내 죽은 뿌리를 적시고, 마침내 잎과 꽃을 피워내고 열매 맺기를 꿈꾸었지요.

아아, 하지만 나는 그걸 흔쾌히 수락할 수 없음을 말하지 않을 수 없습니다. 사랑이라는 과실을 깨물어 그 넘치는 과즙의 열락을 맛보고 싶은 욕망이 없는 건 아니에요. 몇 날 며칠의 괴로운 숙고 끝에 당신의 사랑을 거절하기로 마음을 굳힙니다. 부디 거절의 말에 상처받지 않기를 바랍니다. 나는 이미 낡은 시대의 사람이고, 그러니 당신이 몰고 오는 저 야생의 수목이 뿜어내는 신선한 산소를 듬뿍 머금은 공기에 놀라 폐가 형편없이 쪼그라들지도 모르죠. 그러니 나를 가만 놔두세요.

더 정직하게 말하죠. 나는 오랫동안 혼자 잠들고, 혼자 잠 깨고, 혼자 걸어다니는 저 1인분의 고독에 내 피가 길들여졌다는 것이죠. 나는 어둠 속에서 1인분의 비밀과 1인분의 침묵으로 내 사유를 살찌워왔어요.

고갈과 메마름은 이미 생의 충분조건이죠. 난 사막의 모래에 묻혀 일체의 수분을 빼앗긴 채 말라가는 전갈이죠. 내 물병자리의 생은 이제 1인분의 고독과 1인분의 평화, 1인분의 자유를 나의 자연으로 받아들입니다.

당신은 지금까지 그랬듯이 거기에 서 있으면 됩니다.

어느 해 여름 우리는 바닷가에서 쏟아지는 유성우를 함께 바라봤지요.

그때 당신과 나의 거리, 너무 멀지도 않고, 너무 가깝지도 않은 그 거리를 유지한 채 남은 생을 살아가고 싶습니다.

2인분의 고독

'1인분의 고독'에 웅크려 있던 내 내면을 들여다보니,
거기 두려움이란 짐승이 불안한 눈동자를 하고 숨어 있더군요.
짐승의 눈에 겁이 잔뜩 들어 있어 가엾었어요.
'1인분의 고독'을, 그 자유와 고요를 잃을까봐 두려웠던 것이지요.
이제 망설임을 떨치고 용기를 냅니다. 사랑이라고 해도 좋아요.
어떤 사이프러스 나무도 바람을 두려워하지 않아요.
그래서 '2인분의 고독'을 덥썩 받아 품습니다.
사랑이란 '2인분의 고독'을 뜨겁게, 늠름하게 받는 거예요.
생의 찬란한 순간들을 함께할 사랑하는 P와
이 멋진 책을 결혼 선물로 만들어준 김민정 시인께 감사드립니다.

2015년 12월, 서교동에서

장석주

ㅇ인생을 풍요롭게 하는 것들

바다—언제나 다시 시작하는 바다—, 책—"이 세상의 모든 것은 한 권의 '절대적인 책'으로 귀결된다."(말라르메)—, 도서관—내 정신의 양육기관—, 걷기—나는 날마다 걷는다. 하루라도 걷지 않으면 잠이 오지 않는다. 걷기는 몸이 길과 바람과 합작해서 빚는 감각의 예술이다!—, 자전거—걷기와 가까운 동력을 쓰는 이동수단—, 음악—"얼어붙은 건축"(괴테)—, 모란과 작약—내 시골살이가 품은 고독의 보상이자 기쁨이었던 것들—, 대숲—바람이 태어나는 곳—, 사막, 별들, 맛있는 음식들—미각을 통해 오는 기쁨은 늘 내 인생의 축복이자 행복의 한 축이었다—, 공원들, 청명한 일요일들, 젖가슴이 부푸는 소녀들—세계는 철학자들이 아니라 이들로 인해 신생의 힘을 얻고 새로워진다—, 벗들—그립거나 혹은 그립지 않은—, 삶을 스쳐간 개들—"충족될 줄 모르는 호기심의 소유주이자 삶이라는 수수께끼의 본보기이며 인간의 본질을 인간 자신에게 드러내기 위해 창조된 존재"(브루노 슐츠)•—, 여행—달콤한 고통의 지복, 스스로

• 케이터 머론 엮음, 『도시의 공원』, 오현아 옮김, 마음산책, 2015, 319쪽.

를 고통과 불편으로 내모는 자학—, 제주도의 오름들과 사려니숲, 내가 살고 싶은 도시들—경주, 통영—, ……그리고,

시드니!—시드니의 바다와 하늘은 파랗다. 푸르른 궁륭穹窿의 도시, 누구의 것도 아니면서 동시에 모든 이들의 도시—"실은 어디가 되었든 당신이 지금 이 순간에 있는 바로 그 장소가 가장 아름다운 장소이다. 그러니 이런 곳에서 행복할 수 없는 사람이라면 이 세상에서 아니면 다른 어떤 세상에서라도 행복을 누릴 수 없다고 생각하라."(존 뮤어)•

•다비드 르 브르통, 『느리게 걷는 즐거움』, 문신원 옮김, 북라이프, 2014, 193쪽.

ㅇ웰컴 투 시드니!

다시 시드니다. 시드니 시각 오전 07:00. 전날 저녁 7시를 넘겨 인천공항을 이륙한 KE121편 대한항공 비행기는 이튿날 새벽 시드니 공항에 안착한다. 활주로를 달리던 비행기 동체가 지상을 박차고 공중으로 둥실 떠오른다. 이륙하는 찰나는 불안하다. 불안을 떨쳐내려고 괄약근을 꽉 조인 채 눈을 꾹 감는다. 하나, 둘, 셋, 넷, 다섯을 세고 눈을 뜬다. 그사이 내 존재의 위치가 달라져 있다. 지상에서 허공으로 그 위치가 바뀌어버린 것이다. 비행기가 정상 고도로 올라서면 비행 속도도 시속 8백 킬로미터 이상으로 빨라진다. 창밖 풍경도 달라진다. 내륙 풍경은 다 사라지고 셰이빙크림처럼 하얗게 부풀어오른 구름들이 평평하게 깔린다.

시드니행 비행기를 타려고 탑승 시간보다 두 시간 먼저 인천공항으로 나왔다. 발권 수속을 마치고 수하물을 부치니 비행 탑승까지 시간이 넉넉하다. 공항 여기저기를 돌아다니며 탐색하기에 좋은 기회다. 공항은 여러 인종의 사람들이 모이는 장소이므로 때때로 민족학적 관점을 취할 때 그 특징들이 날카롭게 드러난다. 게다가 공항은 화려한 쇼핑몰과 출입이 금지된 보안 구역이라는 이질성을 결합하는데, 이 결합이 공항만의 분위기를 만든다. 공항은 통로들과 미로와 접근이 금지된 공간들, 명품 매장들, 레스토랑과 바와 카페 들을 다 품는다. 도착과 출발, 그 사이 면면한 시간이 만드는 지루한 기다림을 위한 중간 지대의 공항 설계자들은 기다림이 무료하거나 지루하지 않도록 인터넷 검색을 하는 자리나 카페, 술을 파는 바와 같은 여흥의 공간들을 만든다. 항공사들이 주요 고객을 위해 편안한 휴식 공간을 따로 마련하여 제공하기도 한다. 그리하여 공항은 출발의 흥분과 설렘, 도착의 안도뿐만 아니라 공간들의 배치를 통해 사치와 쾌락과 기다림의 무기력을 뒤섞는다.

인천공항에서 시드니 공항까지 비행 시간은 열 시간 안팎이다. 기내 의자는 좁고 불편하다. 열 시간 넘게 꼼짝도 않고 좌석에 앉아 있는 일은 누구에게나 고역이다. 뒷자리에 앉은 여자가 내 좌석을 연신 발로 찬다. 일부러 차는 건 아니겠지만, 마치 여자가 내 엉덩이를 걷어차며 엉덩이의 안부를 묻는 기분이다. 낯선 여자에게 엉덩이를 걷어차이며 안부를 확인당하는 기분이 썩 유쾌하지는 않다. 건너편 갓난애는 비행기가 이륙할 때 시작한 울음을 아직 그치지 않는다. 안쓰러우면서도 신경이 쓰인다. 아가야, 사는 게 웃을 일보다 울 일이 더 많다는 것을 벌써 알아차린 거니? 정말 그런 거니?

여행중 길을 잃어 낯선 곳을 헤매거나, 분실물이 생겨 소동이 벌어지는 일도 드물지 않다. 그러거나 말거나 우리는 불편을 기꺼이 감수하며 여행에 나선다. 벤자민 프랭클린은 사람들이 스물다섯 살 이후에는 유령처럼 산다고 말했다. 유령처럼 산다는 것은 죽은 자와 같이 아무 존재감 없이 산다는 의미다. 살아서 유령이 되지 않으려면 떠나라, 주저하지 말고! 여행은 "일과 생존 투쟁의 제약을 받지 않는 삶"•을 찾는 일이며, 실용의 의무들에서 벗어나 자유를 만끽할 수 있는 기회다. 익숙한 것을 등지고 낯선 곳으로 떠나라, 권태로 늘어지는 삶을 순수한 약동으로 바꿔라!

스튜어디스들이 기내식을 실은 카트를 끌고 통로를 오가며 두번째 기내식을 나눠준다. 기내가 소란스러워지며 활기를 보인다. 기내식을 앞서 받은 사람들이 음식을 먹는다. 기내에 음식 냄새가 퍼지며 후각을 자극한다. 식사가 끝난다. 기내식 식판들을 수거한다. 실내등이 꺼진다. 기내식을 먹은 뒤 영화 한 편을 처음부터 끝까지 성실하게 다 본다. 책을 뒤적이고, 몽상에 허우적이고, 짧은 메모들을 한다. 시드니까지 거리는 멀다. 시간은 한없이 더디 흐른다. 어둠 속에서 뒤척이는 사람들, 담요를 뒤집어쓴 채 잠을 청하는 사람들. 객석 앞 모니터의 불빛들이 드문드문 깜빡인다. 필경 잠 못 드는 이들이 영화를 보거나 게임에 몰두하는 것이다. 나는 영화를 검색해보다가 눈꺼풀 위로 쏟아지는 잠에, 이제부터 한잠을 자볼까, 하고 모니터를 끈다.

시드니에 간다고 주변에 말했더니, 몇몇 친구들이 "돌아올 때 선물로

• 알랭 드 보통, 『여행의 기술』, 정영목 옮김, 청미래, 2011, 17쪽.

캥거루 한 마리 부탁해!" 하고 유머라고는 눈곱만큼도 없는 농담을 던진다. 호주가 얼마나 큰 땅덩어리인지, 얼마나 많은 생물 종들이 사는지 도무지 관심이 없는 친구들의 한심한 유머 감각이라니! 여행 가방을 쌀 때 트렁크에 넣은 『빌 브라이슨의 대단한 호주 여행기』에 이런 구절이 나온다. "오스트레일리아에서는 지금도 저 밖에 무엇이 있는지 정확히 아는 사람이 전혀 없다. 땅덩어리가 너무나 방대하고 건조하고 험난해서 연구하기 어려울뿐더러, 인구 기반이 약해 방대한 땅을 연구하기에는 비교적 과학자가 적고, 무엇보다도 이곳에 사는 동물들이 대개 작고 눈에 띄지 않고 야행성인데다 이따금 불가사의하기 때문이다."• 호주는 해안가 일부에만 도시가 들어서고 인구 대부분이 여기에 밀집해 산다. 그 밖의 땅—이 땅을 '아웃백'이라고 한다—은 거의 사람이 살지 않는 황무지거나 건조한 사막 지대다. 땅은 넓지만 인구는 터무니없이 적다. 불가사의한 동물들이 이따금 나타난다. 지구상에서 여섯번째로 큰 나라에서 나온 화석과 바위들을 지질학자들이 쪼개고 현미경으로 들여다보았다. 그랬더니 이 땅덩어리가 6천만 년 전 형성된 지형이라는 게 밝혀졌다. 6천만 년 전 땅에 6천만 년 전 원시 생물 종들이 나타난다니, 대단하지 않은가?

호주는 본디 4, 5만 년 전 아시아 대륙에서 건너온 원주민들의 땅이다. 유럽인들이 호주를 처음 방문했을 때 기이하고 색다른 동물들에 놀랐다. 개미의 시조, 나무를 기어오르는 물고기, 날아다니는 여우, 거대한 갑각

• 빌 브라이슨, 『빌 브라이슨의 대단한 호주 여행기』, 이미숙 옮김, 알에이치코리아, 2012, 350쪽.

류들 같은 듣도 보도 못한 불가사의한 동물들이 즐비했다. 그 당시의 생물 종들 중 많은 것들이 멸종되어 자취를 감추었다. 나는 울란쿤타(겉모습과 행동은 캥거루지만 생김새는 토끼와 비슷하다. 먼 거리를 빠른 속도로 달린다)도, 사막캥거루쥐(대낮의 타는 듯한 더위 속에서 쉬지 않고 19킬로미터나 달린다)도, 레오바트라쿠스 실루스(입으로 새끼를 낳는 개구리의 일종이다)도 알지 못한다. 내가 무지한 게 아니다. 나 역시 호주 하면 가장 먼저 캥거루를 떠올린다. "그래, 캥거루를 한 마리씩 사다 안겨주마!" 벗들이 농담을 했으니, 나도 농담으로 응수한다.

짧고 잡다한 꿈을 꾸다가 불현듯 깨어난다. 시드니 도착 시각이 가까워진다. 잿빛 하늘을 가르며 아침 해가 떠오른다. 일출은 빛의 출산이다. 하늘에 환한 빛살들이 퍼지면서 주황빛으로 물든다. 먼 거리를 비행한 비행기가 착륙을 위해 고도를 낮춘다. 보조 날개를 펴고 바퀴를 내린다. 햇빛이 작은 금속판에 부딪치자 심벌즈를 울리듯 황금빛을 튕겨낸다. 푸른 바다와 항만과 내륙 전경이 한눈에 들어온다. 비행기가 사뿐하게 지상에 내려앉는다. 기장의 노련한 착륙 기술에 감사하고 싶은 마음이 든다. 비행기의 보조 날개가 받아내는 바람의 저항이 거세다. 비행기는 긴 활주로를 돌아 엔진을 끄고 멈춘다. 승객들이 짐을 챙겨 통로 쪽으로 나와 늘어선다. 수하물 운반 차량이 비행기로 접근한다. 공항 근무자가 차량 운전자에게 수신호를 한다. 공항 한편에는 다양한 국적기들이 늘어서 있다. 비행기들은 주유구를 열어 기름을 채우거나 엔진 점검을 받는 중이다.

왜 다시 시드니엘 왔을까. 휴식, 고독과 유폐, 쾌적한 날씨, 예측하지 못했던 미美, 우연의 인연……들. 나는 모험에 찬 삶을 찾아다니는 사람이 아니지만 가끔 낯익은 환경을 떠날 필요가 있었다. 여행자는 낯선 장소들의 관조자다. 여행에 마음이 달뜨는 것은 그것이 감각의 쇄신이고, 관능의 기쁨을 약속하기 때문이다. 사람들은 그 순간, 그곳에 있음을 확인하고 실감하기 위해 여행 가방을 꾸린다. "모든 위대한 경험의 앞쪽에는 창문이 없으며 그 입구에는 문지기가 있다."• 시드니는 스콧 피츠제럴드의 『위대한 개츠비』에서 개츠비가 사랑했던 여자, 데이지의 셔츠와 같다. 개츠비는 옷장 가득한 고급 셔츠들을 꺼내 산처럼 쌓는다. 데이지는 셔츠에 얼굴을 묻고 울음을 터뜨리며 말한다. "너무 슬퍼. 한 번도 이렇게, 이렇게 아름다운 셔츠들을 본 적이 없거든." 속물적인 여성인 데이지에 빠져 개츠비는 제 인생을 다 거는 지고지순한 사랑을 한다. 내가 데이지와 같은 속물인지 아닌지는 모르겠지만, 시드니로 말하자면, 내 입에서 이렇게 아름다운 곳을 본 적이 없어라는 말이 튀어나오게 하는 '데이지의 셔츠'다. P와 내가 시드니에 도착하자마자 격한 감동으로 울음을 터뜨리는 민망한 짓을 한 건 아니니, 부디 오해하지 말기를 바란다. 시드니에 오니 설레고 기쁜 것은 사실이다. 시드니는 건조해져서 부스러기가 날릴 정도로 메마른 뇌에 엄청난 세레토닌을 분비해 촉촉하게 적시고 얼굴에 방글방글 웃음이 떠오르게 한다. 여기서 한동안 살아보기 위하여, P와 나는 여행 가방을 꾸려 서울을 떠났다.

• 로버트 그루딘, 『당신의 시간을 위한 철학』, 오숙은 옮김, 경당, 2015, 32쪽.

입국심사대마다 사람들이 긴 줄로 늘어서 있다. 이른 아침 공항 터미널 내부는 분주하다. 컨베이어 벨트는 뉴욕이나 샌프란시스코, 프랑크푸르트나 베이징에서 방금 도착한 승객들의 짐들을 쏟아낸다. 한편에서는 마약탐지견이 수하물 사이로 코를 킁킁대면서 부지런히 오간다. 시드니 공항의 입국심사대를 통과하는 것은 까다롭지 않다. 입국 심사를 하는 사람은 무표정한 얼굴로 여권 사진과 실물을 힐끗 대조해볼 뿐 아무것도 묻지 않는다. 승객들은 컨베이어 벨트가 돌아가며 트렁크들을 토해내는 곳에서 자신의 여행 가방을 기다린다. 면세점이나 환전소들이 문을 열기에는 너무 이른 시각이다. 다행스럽게도 커피숍은 문을 열었다. 우리는 커피숍에서 선 채로 뜨거운 커피를 마신다. 아아, 시드니에 무사히 도착했군!

시드니의 교외 주택까지 데려다줄 사람이 공항 로비에서 기다린다고 했다. 트렁크를 끌고 출구로 나가자 누군가 다가오며 인사를 한다. 처음 만나지만 우리는 금세 서로를 알아본다. B씨, 올해로 이민 9년 차라는 사십대 교민이다. 첫 인상이 좋다. 시드니에서 서적유통업을 한다는 그와 통성명을 하고 악수를 나눈다. 안녕하세요? 반갑습니다. 오시느라고 고생하셨죠? 아뇨. 그럭저럭 견딜 만했어요. 그의 차에 트렁크들을 싣고 출발한다. 오른쪽 운전석에서 전방을 주시하면서 그는 이민 생활에 관한 이런저런 얘기를 스스럼없이 한다. 차가 공항을 빠져나오니, 도로마다 차량들이 길게 늘어서 있다. 어느 도시나 출근길 차량 정체는 똑같다.

어젯밤 숙면을 취했거나 혹은 뒤척거리며 잠을 못 잤거나 상관없이 아침 출근길에 나선 이들의 발걸음은 활기차다. 출근하는 이들의 머리 위로 비둘기들이 난다. 도시에서는 꽃집과 빵집들이 가장 먼저 문을 연다. 쇼핑몰들은 닫혀 있다. 서울도 이 시각에는 쇼핑몰의 문은 닫혀 있고, 지하철은 역마다 승객들을 토해낼 것이다. 뉴욕이나 상하이나 도쿄나 스톡홀름이나 예테보리나 아테네나 파리나 홍콩이나 싱가포르나 대도시들에 펼쳐지는 아침 풍경은 닮았다. 직선으로 꽂히는 아침 햇빛 속에서 고층 빌딩들이 수직의 의연함을 드러낸 채 우뚝하게 서 있다. 금속과 유리 부분이 직각의 햇빛을 반사한다. 빛들이 동공을 찌른다. 시드니 하늘은 쾌청하다. 바람은 차갑다. 지금 시드니는 초봄이다. 웰컴 투 시드니!

ㅇ느림의 경제학

발바닥은 항상 옳다. 발바닥이 옳은 것이라면 발바닥을 써서 걷는 일도 옳은 일일 테다. 네발로 걷는 소나 당나귀나 낙타가 비도덕적으로 엇나간 경우를 보지 못했다. 게으름을 피운 적은 있어도 수뢰나 비리 따위에 연루된 적이 없다. 그들은 풀을 먹는다. 초식에 길들여진 이 정직한 식성은 항상 순결하고 옳다. 두 발로 걷는 사람들도 그렇다. 시드니를 한 달 동안 걸어보기로 했다. 느리게, 해찰하며 천천히 걸어보기. 두 팔을 흔들고 두 발을 움직이며 전진하는 이 단순한 행위, 바람과 햇빛을 맞으며 육감적 복잡성 속으로 자신을 밀고 들어가기. 상상만 해도 가슴이 뛴다. P와 나는 그 옳은 일을 해보기로, 도덕적으로 흠결이 없는 고결한 선택을 한 것이다.

가장 먼저 머물 집을 구했다. 그 집은 글레노리Glenorie의 올드 노던 로드 2712번지에 있는 교외 주택이다. 시드니 교외 주택들이 다 그렇듯이 이 집도 꽤 넓은 대지 위에 세워졌다. 주인 내외는 유럽 여행을 떠났다. 우리는 이 빈 주택을 빌려 쓰기로 허락을 받았다. 이 교외 주택은 2층 구조다. 2층은 벽난로가 있는 거실이 중심이다. 거기에 주방, 방 세 개, 세탁실,

욕조 딸린 목욕실이 있다. 아래층엔 서재, 피아노와 노래방 기기가 놓인 가족 휴게실, 운동기구가 있는 공간으로 이루어진다. 집은 크고 넓다. 겨울 새벽에는 춥다. 벽난로와 전기요 외에 다른 난방 기구는 없다. 이즈막 시드니는 춘한春寒이라고 부르는 봄추위가 극성이다. 서울의 추위에 견주자면 대단치 않지만 교민들은 한기가 '뼛속까지 시리다'라며 고개를 젓는다. 작년 여기서 첫 겨울을 보낼 때 새벽 침대를 빠져나오면 장작불이 지펴진 거실 벽난로 앞으로 달려가곤 했다. 벽난로의 장작불에 온몸을 덥히고 뜨거운 커피를 목으로 넘긴 뒤에야 비로소 냉동 생선 같던 팔다리의 경직이 풀렸다.

바깥으로 나가면, 정원과 수영장과 테니스 코트와 작은 연못이 있다. 주택 뒤편은 가파른 경사면이다. 이 경사가 끝난 곳에 연못이 있다. 연못은 갈색 수생식물로 뒤덮여 있다. 그 아래로는 유칼립투스 나무와 관목들로 빽빽하게 채워진 숲이다. 새벽에서 일몰까지 수많은 새들이 와서 요란스럽게 지저귄다. 이 울울창창한 숲속에서 헤맬 일은 없다. 베란다의 소파에서 책을 읽다가 저녁 무렵 하늘 위로 번지는 낙조를 바라보는 소소한 여유가 좋다. 어느 날, 왈라비 두 마리가 연못가로 나온 것을 보았다. 왈라비는 캥거루와 닮았다. 왈라비들이 먹이 활동을 하는 것인지, 그냥 산책 나왔는지는 알 수가 없었다.

'울워스'는 식품과 잡화들을 파는 복합 매장이다. 서울의 이마트와 다를 바 없다. 울워스는 집에서 3킬로미터 정도 떨어져 있고, 도보로는 20분

정도 걸린다. P와 나는 식품들을 사기 위해 자주 울워스로 갔다. 토마토, 딸기, 자두, 포도, 수박, 아스파라거스, 양파, 마늘, 감자, 옥수수 따위의 과일과 야채들을 사고, 치즈, 소시지, 샐러드, 치킨수프, 바게트나 크루아상 같은 빵들을 사고, 우유와 생수와 와인 들, 쇠고기, 돼지고기, 양고기 따위의 육류를 사다 날랐다. 우리는 그것들을 얼마나 빠르게 먹어치웠는지! 시드니에서 P와 나는 깜짝 놀랄 정도로 왕성한 식욕을 자랑하고 있다. 육류와 와인값이 서울 물가에 견줘 아주 싸다. 얼마나 다행스러운 일인가! 저녁마다 맛있는 스테이크를 굽고 좋은 레드와인을 마시는 것은 시드니 교외 주택에서 누리는 사치이자 즐거움이다.

울워스로 가는 길에 교외 주택들이 이어지는데, 대개는 담장이 없다. 기껏해야 땅의 경계를 표시하는 목책들이 겸손하게 서 있다. 울타리는 대개 꽃나무들이다. 봄이라 갖가지 꽃들이 피어서 짙은 방향芳香을 뿜어낸다. 재스민 흰 꽃들이 뿜어내는 방향이 강하게 후각을 자극한다. P와 나는 걸음을 멈추고 재스민 꽃들에 코를 바짝 대고 꽃향기를 들이마시며 그 강한 향기에 어질어질해지곤 했다. 울워스와 교외 주택 중간쯤에 운동장이 있다. 융단같이 펼쳐진 푸른 잔디는 서울월드컵경기장만큼이나 훌륭하다. 주말이면 흰색 유니폼을 입은 소년들이 크리켓 경기를 벌인다. 식구들이 풀밭에 앉아 한가롭게 크리켓 경기를 관전하며 간간이 박수를 치고 응원을 하는 게 보기 좋다. 잔디밭에서 소년들이 연신 공을 치고 힘껏 내달리는데, 햇볕 속에서 지치지 않고 치고 달리는 소년들에게서 생의 약동이 뿜어져나온다. P와 나는 산책을 나갔다가 엉덩이를 털썩 주저앉히고 흰색 유니폼을 입은 소년들의 크리켓 경기를 오래 지켜보다가 돌아오곤 한다.

P와 나는 베란다에 나와 앉아 햇볕을 쬐며 졸거나 시집을 읽는다. 더러는 눈을 감은 채 명상을 한다. 가끔은 현관 앞 화분들에 물을 주고, 연못으로 나가 물고기들에게 먹이를 준다. 기분 내키면 수영장 물위의 부유물들을 뜰채로 건어낸다. 어떤 날은 스파게티를 만들고, 맑은 날이건 흐린 날이건 차를 끓여 마신다. 휴식과 명상, 책읽기와 산책조차 시들하고 심심해지면 울워스 쪽으로 나가 베이커리 카페의 야외 테이블에서 롱블랙 커피를 마시고, 해물 스파게티를 먹고 돌아온다. 우리는 시드니 교외 지역의 고요가 정말로 마음에 든다. 서울에서는 어디에 있든지 소음들을 벗어날 수가 없다. 소음은 혈압 상승과 수면 장애를 유발하고, 삶의 질을 떨어뜨린다. 이 교외 주택의 삶이 쾌적하고 더할 나위 없이 만족스러운 것은 고요 때문이다. 그렇게 소음 없는 평온한 날들이 흘러간다.

햇살을 흠뻑 받은 꽃들이 만개한다. 연보라색 등꽃들이 숭어리숭어리 탐스러운 꽃송이들을 늘어뜨리고, 체리블라썸은 솜사탕 같은 분홍꽃들을 가지마다 활짝 피웠다. 세계와 완벽하게 차단된—여기서는 신문도 안 보고, TV도 보지 않는다. 바깥에서 무슨 일이 일어나는지 알 수가 없다. 여기는 복잡하고 시끄러운 세계에서 가장 멀리 떨어져 있는 오지다—교외 생활은 무중력 상태와 같다. P와 나는 고요하고 청성한 지역으로 피정避靜을 나온 사람들 같다. 우리는 이 단순하고 느리고 조용한 삶이 좋다.

분주한 서울과는 다른 삶의 속도, 다른 풍경이 펼쳐지는 시드니에서 우리는 지나온 삶의 시간들을 돌아본다. 우리는 얼마나 많은 소음 속에서 쫓기는 짐승처럼 헐떡이며 살았던가! 서울에서의 하루는 왜 그리도 빨리 지나가버렸던가?

우리 내부에서 욕망은 커다란 입을 벌리고 그르렁거린다. 욕망을 욕망함으로 삶이 더 활기찬 것으로 비칠 수도 있겠지만 이는 일종의 착시다. 저마다 욕망에 사로잡혀 욕망을 살지만 실은 이 욕망조차 타자의 욕망을 모방한 것에 지나지 않는다. 더구나 욕망이 만든 공허는 끝내 채워지지 않는다. 잠시 충족되었다는 착각이 있을 뿐이다. "욕망은 체내의 생물학적인biologique 결핍이 아니라 내면의 전기적인biographiqe 공허처럼 경험된다. 욕망은 온갖 물질적인 것들에 달려들지만 그중 어떤 것에서도 사실은 흥미를 느끼지 못한다. 단, 어떤 사물이 타자들의 욕망에 부합하는 상징적인 사회적 가치를 갖는다면 잠시나마 욕망을 충족시킬 수 있다."• 욕망을 욕망하라! 현대가 우리에게 거는 주문은 그런 것이다. 여기에 휘말리면 삶은 욕망의 구덩이 속에 내동댕이쳐진다. 이 주문들에 저항해야 한다. 욕망하기를 그칠 것, 그리고 삶의 속도를 늦출 것.

서울에서는 다들 바쁘다. 바쁘지 않은 사람이 이상하게 보일 정도다. 나를 포함해서 모두가 집단적 환상에 빠져서 사는 것처럼 보인다. 그 환

• 프레데리크 시프테, 『우리는 매일 슬픔 한 조각을 삼킨다』, 이세진 옮김, 문학동네, 2014, 186쪽.

상의 실체는 무엇일까? 프랑스의 철학자 프레데리크 그로는 "속도가 시간을 벌게 한다고 믿는 것, 그것이 속도가 만들어낸 환상이다"•라고 정곡을 찌른다. 우리는 속도가 시간을 벌어주지 않는다는 걸 너무 많은 시간을 흘려보낸 뒤 자각한다. "조급함과 속도가 시간을 가속하면 더 빨리 지나가고, 서둘러야 할 두 시간은 하루를 더 짧게 만든다. 매 순간은 하도 많이 분할되고 미어터질 정도로 채워지다보니 갈기갈기 찢겨져 있다. 사람들은 산더미처럼 많은 것을 한 시간 속에 꾸역꾸역 밀어넣는다."•• 조급함을 덜어내고 속도를 조금만 늦춰도 삶은 한결 여유로워진다. P와 나는 아침을 먹고 차를 마신 뒤, 거실 소파에 앉거나 베란다의 안락의자에서 담소를 나누거나 시집과 소설책들을 읽는다.

오후에는 말들을 방목하는 교외 주택들이 있는 길을 걸으며 저마다 집들의 생김생김에 대해 사소한 품평을 한다. 어제는 글레노리에서 케인스 로드로 들어가 무어레스 로드를 거쳐 헤이슨스 레일에서 올드 노던 로드로 빠져나오는 긴 코스로 걸었다. 바람이 세차다. 그 바람 속을 뚫고 걸었다. 처음 가보는 길들은 낯설었다. 주로 꽃과 나무 묘목들을 키우는 농장들이 많았다. 울워스 방향으로 나와 베이커리 카페에 가서 롱블랙을 마셨다. 세상에나! 이렇게 맛있는 커피는 처음이에요. P는 롱블랙을 마실 때마다 감탄한다. 주말엔 세탁기에 빨래를 넣고 돌렸다. 볕이 좋고 건조한

•프레데리크 그로, 『걷기, 두 발로 사유하는 철학』, 이재형 옮김, 책세상, 2014, 59쪽.
••프레데리크 그로, 같은 책, 59쪽.

탓에 빨래는 금세 잘 마른다. 월요일 오후에는 한 주간 동안 모은 쓰레기를 빨간색과 노란색으로 된 쓰레기통에 분리해서 넣은 뒤 대문 밖 길가에 내놓는다. 화요일 오전에 쓰레기 수거 차량이 와서 집집마다 길가에 내놓은 쓰레기통을 비워주고 떠난다.

해가 떠 있는 시간이 늘어난다. 그 늘어진 시간 속에서 맘껏 게으를 수 있는 자유를 누린다. 짧은 일몰 뒤 갑자기 사위가 캄캄해진다. 어둠이 장막처럼 내려와서 풍경들을 감추는데, 그럴 때마다 오갈 데 없는 마음이 허둥대곤 했다. 노르웨이 오슬로 북쪽 저 북극권 한계선 너머로는 겨울이면 아예 해가 뜨지 않는다. "12월 중순이 되면 해가 아예 뜨지 않아 여명과 박명이 합쳐져버린다. 잿빛 하늘과 보라색 지평선이 보이면 지금이 정오인가보다 할 뿐이다."• 어둠은 우주의 본질이고, 세계의 신성과 현묘함을 외시하며, 죽음의 두려움을 일깨운다. 햇빛이 소중한 만큼 어둠도 소중하다.

빛 공해가 없는 이 남반구의 칠흑 하늘엔 셀 수도 없이 많은 별들이 반짝인다. 어떤 사람은 청명한 겨울밤 하늘의 별들이 내는 제각각 다른 파장의 소리들을 들을 수 있다고 말한다. 그의 청각기관은 특별히 예민한 모양이다. 밤하늘의 별들이 부르는 노랫소리를 그의 몸안에서 가장 작은 뼛조각들인 추골, 침골, 등골 들이 청각적 신호들로 수신하는 것이리라.•• 조악한 인공 불빛들을 다 삼켜버린 시드니 교외 지역의 밤하늘은 별빛들을

•다이앤 애커먼, 『새벽의 인문학』, 홍한별 옮김, 반비, 2015, 55쪽.
••폴 보가드, 『잃어버린 밤을 찾아서』, 노태복 옮김, 뿌리와이파리, 2014, 244쪽.

빼고는 그야말로 칠흑같은 어둠 뿐이다. 밤이 품은 어둠의 원형이 고스란히 퍼져 있는 시드니 교외 지역의 밤하늘은 '국제 어두운 밤하늘'로 지정될 만한 자격이 있다.• 밤에는 별다른 할 일이 없으므로 우리는 남십자성이 반짝이는 남반구의 하늘을 머리에 이고 일찍 잠자리에 든다.

사소한 것들로 채워진 하루하루를 기꺼워하고, 그 작은 기쁨과 보람들로 하루하루를 수놓는다. 서울을 떠나면서 갈망한 것은 느림이고, 그 느림에 사유와 자유로움이 고요히 깃들기를 바랐다. "느림이란 곧, 초秒들이 줄지어 나타나 마치 바위 위에 내리는 보슬비처럼 한 방울씩 똑똑 떨어질 때까지 시간과 완벽하게 일체를 이루는 것이다. 이 같은 시간의 늘어남은 공간을 깊이 파고든다."•• 느림은 우리를 단박에 시간의 부자로 만든다. 이 느림은 애초에 우리 것이 아니었던가? 느리게 봐야 풍경들은 제 색깔과 향기를 드러낸다. 이것저것 해찰하면서 천천히 봐야만 사물과 풍경들은 감추었던 제 진면목을 펼쳐낸다. 느림은 시간의 늘어남이고, 공간을 파고들며 스며서 깊이를 만든다. 시드니에 도착한 지 며칠 지나지 않았지만 벌써 몸은 이완되고, 마음은 너그러워졌다. 이는 삶의 속도를 늦춘 효과다.

•국제 어두운 밤하늘 협회IDA란 단체가 있다. 이 협회는 2001년부터 '국제 어두운 밤하늘 장소' 프로그램을 시작한다. "첫 활동으로 미국 애리조나 주의 플래그스태프를 세계 최초의 '국제 어두운 밤하늘 도시'로 선정했다." 폴 보가드, 같은 책, 264쪽 참조.
••프레데리크 그로, 같은 책, 39쪽.

○ '명예'란 수도원에 들려면

일주일 전 우리는 서울 서교동에 있었다. 서교동에서 밥을 먹고, 서교동에서 사람을 만나고, 서교동에서 잠을 잤다. 우리는 서교동에서 여름의 무더위와 소음들과 잡스러움들을 견디며 나날의 삶을 꾸렸다. 지금은 서울에서 수천 킬로미터 떨어진 남반구의 시드니에 와 있다. 시드니의 서늘함과 깊은 고요가 아직은 낯설다. 새벽마다 새떼가 시끄럽게 지저귀는 통에 눈을 뜬다. 찬 공기, 눈부신 양광陽光, 천공을 받친 기둥들처럼 서 있는 유칼립투스 나무들, 낮은 관목들과 야생화들, 날카롭게 우짖는 새들, 방향芳香과 물물들의 색채는 낯설다. 낯선 것들의 형태와 색채들이 오감에 비벼진다. 경이도 매혹도 없이 권태가 녹아 질편해진 시간들을 견디다 시드니에 오니 새로 태어난 기분이다.

내가 불멸을 갈망하거나 명예를 탐한 것은 아니다. 정해진 시각에 밥을 먹고, 책을 들여다보다가, 방바닥에서 요가를 하고, 종일 컴퓨터 앞에 앉아서 무엇인가를 쓰다가, 침대 모서리를 붙잡고 팔굽혀펴기를 하며 평생을 보낼 수만은 없다. 비밀 몇 개를 품어 기르고, 침묵에 귀를 기울이며,

가보지 못한 먼 나라들을 상상하며, 고요라는 사치를 누리며 살고 싶었다. 소박함과 겸허함이 삶을 명예롭게 할 것이고, 그 명예로움으로 말미암아 모호한 생활의 윤곽이 홀연 광휘로 빛날 것이다.

서울은 지옥 중의 드문 천국이다. 서울이 술꾼의 술집이요, 마약꾼의 마약굴이라면 말이다. 술집은 술꾼들로 붐비고, 마약굴은 마약꾼들로 붐빈다. 당신이 환락을 원한다면 이보다 더 좋은 천국은 없다. 시드니는 천국 중의 드문 지옥이다. 누군가에게는 이 고요하고 아름다운 곳이 천국일지 모른다. 하지만 심심함과 한가로움, 그리고 권태에 짓눌린 사람에겐 이보다 더한 지옥을 찾기 어렵다. 시드니는 아름답고 고요한 지옥이다.

익숙함의 관성에서 허우적거리는 사람들. 경이와 아름다움과 비밀의 결핍으로 허덕거리는 사람들. 나는 스무 살 무렵부터 늘 어디론가 떠나는 꿈을 꾸었다. 여기가 아닌 저기, 익숙한 곳이 아닌 낯선 도시. 이국의 도시들을 꿈꾸고 비밀 몇 개를 기르며 겸허하게 살아보고 싶었다. 무엇보다도 서울은 비밀을 기르기에 적당한 도시가 아니다. 비밀이 없는 도시에서는 소박하게 살 수가 없다. 서울에서는 비밀들의 싹이 나오자마자 짓밟힌다. 단박에 까발려지고, 삽시간에 누추한 스캔들과 루머로 변질되는 것이다. 비밀이 있는 사람은 그 비밀의 힘으로 혼자 살아갈 수 있다. 비밀을 품는 것은 꽃들로 가득찬 자신만의 정원을 소유한 것이나 마찬가지다. 비밀을 품은 자들은 허리를 꼿꼿하게 펴고 경쾌하게 걸으며, 그들의 낮과 밤은 동경과 설렘으로 채워진다.

삶이 진부함에 물드는 것은 거짓과 피상성 때문이 아니라 비밀의 탕진이 그 진짜 원인이다. 그것은 인간을 목전의 필요와 욕망에만 충실한 개의 무리로 바꾼다. "도시에 집합하여 사상을 파먹는 개의 무리들."• 진부함 속에서 우리 영혼은 반쯤 시들고 죽는다. 신성을 품지 않은 삶은 불이 지펴진 숯불 위에서 맨발로 춤추는 것만큼이나 괴로운 삶이다. 인생의 고해苦海. 나는 진부함의 연옥 속에서 늘 원고들의 마감 시간에 쫓기고 파닥거리며 보람 없이 빠듯하다. 서교동의 연립주택, 지하철 2호선, 광화문 앞 광장, 교보문고, 서교동의 골목들, 땡스북스, 하나로마트, 망원시장, 전주 콩나물 국밥집, 맥북을 들고 달아나던 피난처들, '스타벅스'와 '카페 꼼마'와 작은 커피집 '소호', 운니동의 월드오피스텔…… 나는 거기 있었고, 이 시공 연속체를 채운 소음과 불편과 진부한 자명함 속에서 하루를 흘려보낸다.

여름 동안 땡볕과 습도가 높은 무더위와 열대야와 물것들과 싸우는데, 이 싸움에는 승리도 패배도 없다. 그저 심신이 소진되어갈 따름이다. 내 영혼은 마치 상어에 물어뜯긴 심해어처럼 침잠한다. 입추 지나도 늦더위가 활개를 친다. 9월 늦더위는 재난에 가깝다. 초가을은 멀리서 멈칫거린다. 물론 가을은 오고야 만다. 해가 짧아지고 바람이 차가워진다. 밤의 관절들은 속절없이 늘어나 길어질 때 천지간에 양의 기운은 쇠락하고 음의 기운이 싹터 자라면서 퍼진다. 동지는 음의 기운이 도처에 머물며 가득찰

• 알베르 카뮈, 『알베르 카뮈―태양과 청춘의 찬가』, 김영래 엮음, 토담미디어, 2013, 64쪽.

때다. 초빙과 북풍과 초설의 계절이 들이닥친다. 시드니 절기는 서울과는 거꾸로 돌아간다. 서울이 가을로 접어들 때 시드니는 겨울에서 벗어나 초봄을 맞는다. 해가 중천에 오래 떠 있고, 음의 기운이 쇠락하고 양의 기운이 번진다.

시드니가 봄의 한가운데로 들어오고, 한낮 온도는 20도를 훌쩍 넘어선다. 이마에 떨어지는 햇빛이 촛농 떨어진 듯 따갑다. 대기는 건조하고 몸을 휘감는 바람은 청신하다. 교외 주택의 정원들마다 기화요초들이 다투어 피어나고 살아 있는 것들은 생식 활동으로 바쁘다. 시드니에 와서 신기했던 것은 서울과는 모든 것들이 역상逆像으로 돌아간다는 점이다. 계절만 그런 게 아니다. 자동차 운전석도, 자동차가 운행하는 방향도 반대다. 처음 블루마운틴을 가서 호주의 산들을 보았을 때 나는 눈을 의심했다. 산들이 평지돌출平地突出이라는 간단한 상식도 여기서는 뒤집어진다. 평지 아래 요철을 이룬 지형들이 산을 이루는데, 사람들은 수직의 높이로 우뚝하지 않고 평지 아래로 푹 꺼져서 깊이를 이루고 있는 산들을 내려다본다.

누군가는 떼돈을 벌고, 누군가는 부도를 내고 잠적한다. 고교 동창이 심장마비로 죽어 부고가 날아든다. 백화점이 무너져 아수라장이 되고, 차들이 내달리던 교각이 강물 아래로 주저앉고, 어제까지 멀쩡하던 남대문이 화재로 전소全燒되어 사라진다. 먼 대륙에서 내전內戰이 일어나고, 배가 뒤집히며 난민들이 바닷속으로 사라진다. 이런 비극들은 물질적 직접성이나 현실의 실감 없이 세상의 불운을 전하는 뉴스로만 소비될 뿐이다. 우리의 현존에 스미지 않고 미끄러져 사라지는 타인의 비극들. 실감이 없는 먼 곳의 뉴스들은 내 정체성이나 가치관에 어떤 변곡점도 만들지 못하고 바스라져 사라진다. 당신의 평범한 하루는 저 먼 곳의 변화무쌍한 하루보다 더 파란만장하고 극적인 사건들로 바글거린다.

체류지들이 무장소로 밀려날 때 이 실존의 자리에는 어떤 신성한 지표도, 다른 곳으로 이어지는 통로도 존재하지 않는다. 풍경은 획일화하며 빛을 잃고 무미한 회색빛을 띤다. 여기서는 빛으로 영롱해지는 풍광도 만날 수 없고, 저 먼 곳에서의 돌연한 귀소歸巢도 일어나지 않는다. 사람들은 어디로도 떠나지 못한 채 죽어간다. 해마다 생물학적 나이를 더하면서 아무 명예도 얻지 못한 채 늙는 사람들. "명예란 일종의 수도원이다"라고 말한 작가는 얼마나 영민한가! 저녁의 덧없는 침묵이나 빈방에 홀로 있는 고독조차 세속으로 물들어버릴 때, 당신이 세속화에 저항하지 않는다면 풍경들은 어떤 아우라도 없이 소비재로 전락한다. 소비재가 되는 풍경은 한 점의 신성도 품지 않는다. 풍경과 시선의 황홀한 교감이 사라진 곳에서는 유령과 그림자들만 번성한다. 삶의 실감을 잃은 그림자들. 나는 그림자인가? 겨우 책 몇 권이나 읽고, 세금과 공과금을 내며, 새벽의 침묵 속에서 몇 자를 끼적이며 사는 나는 그림자인가?

풍경을 뒤집으면 그 안감에 무심함과 익숙함이라는 수가 놓여 있다. 풍경 안쪽의 질감은 부드럽고, 사소한 비밀들을 감싸는 풍경 안쪽의 질감은 메마른 고통과 삭막함을 경감시킨다. 1960년대 중반, 한반도 중부의 시골 마을에서 대도시로 올라온 소년이 있다. 소년은 서울에서 청소년기와 청년 시절을 보낸다. 세월은 그의 삶과 시간을 관통하고 지나갔다. 서울에 전차가 시내 한가운데를 가로지르던 시대에는 목가적인 기품이 남아 있었다. 세검정 천변의 맑은 물에는 일급수에만 산다는 피라미가 지천이고, 부암동 언덕바지 일대는 온통 능금밭이 펼쳐져 있었다. 그러나 지금 서울은 거미줄처럼 얽힌 지하철 노선을 품고, 개발에 개발을 거듭하면서 메가폴리스로 바뀌었다. 그 변천사는 신체에 고스란히 각인되었다. 내 경험에 비추어 말하자면, 서울은 존재의 유약함을 환기시키지만 죽어가는 영혼을 소생시키지는 못하는 것 같다. 서울의 무미한 풍경들에 마음은 아무 공명도 하지 못한다. 풍경의 본질이 "시각적 골조가 아니라 분위기이자 아우라"•인 까닭이다. 거대 도시의 골조만 있고 아우라나 분위기가 사라진다면 그 도시는 죽은 것이다. 죽은 도시는 언제나 죽은 삶만을 토해낸다.

한반도 중부 내륙의 시골 태생인 내 몸과 마음 켜켜에는 시골이 인박여 있다. 내가 시골에서 보낸 시간은 길지 않다. 불과 10년 미만일 테니까, 인생의 6분의 1 정도다. 그러나 시골이 압인해놓은 영향력은 서울의 40년보다 더 크고 압도적이다. 시골은 내 감각과 인격의 깊이를 이룬다. 비가 뿌리는 날 호박전 따위에 대한 갈망으로 목구멍이 그르렁거리거나, 동지 무

•다비드 르 브르통, 『느리게 걷는 즐거움』, 같은 책, 99쪽.

렵 팥죽에 대한 갈망으로 헐떡이는 것, 눈 쌓인 동지섣달 밤 방금 쪄낸 고구마와 살얼음 낀 동치미 국물 한 사발이 애가 타도록 간절한 것은 어린 시절이 미각 속에 각인되었기 때문이다. 시골은 감각과 정서의 바탕이자 인격의 본질이고 태생적 한계다. 내 안에 잔존하는 시골들. 대숲에 일렁이는 바람과 흐르는 물과 나무들을 무작정 좋아하고 그 인력에 끌리는 성향은 그 때문이다.

서울로 올라왔을 때 가장 먼저 다가온 실감은 가난의 참상이다. 지나간 일이니 그 사정을 구구절절 늘어놓고 싶지는 않다. 내 가난의 경험 총량은 동세대의 평균치보다 조금 더 많을 것이다. 가난이 죄와 불명예의 낙인을 찍는 건 아니지만 꿈들을 지체시키거나 꺾어 버리기에 충분하다. 불편과 불운함을 강요하는 현실 속에서 그것들 때문에 미치거나 범죄인으로 전락해서 교도소를 들락거리지는 않았다. 나는 나름대로 꿋꿋했는데, 그것은 내 안에 시골이 있었기 때문이다.

알베르 카뮈는 산문집 『여름』에서 "나는 바다에서 자라 가난이 내게는 호사스러웠는데, 그후 바다를 잃어버리자 모든 사치는 잿빛으로, 가난은 견딜 수 없는 것으로 보였다"라고 쓴다. 잊을 수 없이 다정하고 사랑스러운 문장이다. 나는 가난의 모멸감을 이겨내려고 이 문장을 애써 기억에 담았다. 마흔 해가 흘렀는데도 이 문장은 내 기억에 선명하다. 부유하는 삶이 닻을 내리게 하고 흔들리지 않도록 붙잡아준 것들이 있었다. 시와 음악, 그림과 철학이 그것이다. 철학자 알랭은 기도를 밤이 생각 위에 내려앉는 때다, 라고 했는데, 내 경우에는 예술과 철학이 그 기도를 대신한다. 나는 심리적 고아였다. 내 인격에 막돼먹은 부분이 있다면 그 뿌리는 이 고아됨일 것이다. 내 안에 고아 의식이 늘어붙어 있음을 알지 못했다. 첫 시집을 내고 시의 기저에 깔린 허기와 부랑의식, 막막함과 오갈 데 없음이 고아 의식에서 비롯된 것을 깨달았다. 떠돌이 개와 같이 늘 가엾지는 않았으나 나는 늘 안쓰러웠다. 내 자아는 새의 속이 빈 뼈처럼 연약한 동시에 거대한 몸통을 버티는 코끼리 다리뼈처럼 강골强骨이다. 인생을 막 살지는 않았지만 끝내 고결함에 이를 수 없는 막막함에 부딪칠 때마다 나는 실존의 가장 깊은 곳에 박힌 이 거칠고 오래된 뿌리를 쓰다듬는다. 비루하게 살았다 할지라도 마음만 먹는다면 정신의 활기 속에서 날마다 새로워질 수 있다. 개과천선改過遷善이라는 이름의 탈피다. 그 탈피로 이끄는 것은 여러 가지다. 위대한 스승의 가르침, 미, 자연의 감화력은 인격의 비루함을 무너뜨리고 보다 나은 것으로 바꾼다. 어느 날 청고한 인격체로 거듭날 수가 있다고 믿는다. 평생을 비루하게 살아야만 한다면 얼마나 슬플 것인가!

이십대는 질풍노도의 시기였다. 나는 국립도서관이나 시립도서관을 전전하며 책을 읽었다. 책을 좋아했기 때문이기도 하고, 할 수 있는 다른 일이 없었기 때문이기도 하다. 시립도서관의 햇빛 잘 드는 창가 자리에 붙박이로 앉아서 줄곧 책만 읽는 청년이라면 제 생을 도서관에서 빚었다고 말할 수 있으리라. 그는 시립도서관에서 김소월과 서정주와 고은과 김수영을 만나고, 카뮈와 카프카와 사르트르와 다자이 오사무와 미시마 유키오를 만나고, 랭보와 보들레르와 발레리와 말라르메와 T.S. 엘리어트를 만나고, 니체와 바슐라르와 하이데거를 만날 수도 있었으리라. 그렇다면 가난은 돌연 행운의 원천이 되었다고 말할 수도 있다. 나는 그 시절 고갱과 고흐와 마르크 샤갈을 좋아하고, 바흐와 차이코프스키와 막스 브르흐와 니콜로 파가니니에 심취한다. 한동안 고갱과 고흐를 흠모하며 유화 그리기에 열심을 내고, 고전음악에 대한 갈망으로 음악 감상실을 쫓아다녔다. 나를 설레게 했던 것들, 갈망하는 것들은 위태로운 삶의 지지대였고, 메마른 삶을 버티고 살아내게 하는 동력이었다.

무릇 삶 쪽을 빚는 일은 비술祕術들이 아니라 과거의 경험만으로도 충분하다. 내 과거의 고갱이는 비산비야非山非野의 어린 시절이다. 내 어린 시절은 반딧불이, 원두막, 끝없는 들을 가로지르는 소나기, 천둥과 번개, 무지개, 토란, 개구리, 반짝이는 냇가 물결, 물속을 재바르게 휘젓는 붕어들, 폭설 속의 토끼몰이, 질주 본능을 가진 개와 함께 내달던 들과 야산들로 이루어진다. 자연의 축복은 가난을 사치로 탈바꿈시킨다. "바다 앞의 모래언덕. 따뜻한 새벽과 아직은 검고 쓴 첫번째 파도 앞에 벌거벗은 몸뚱어리들. 물은 안아올리기에 무겁다. 몸을 그 속에 적시고 첫번째 햇살을 받으며 해변을 달린다. 바닷가 모래톱에서 맞는 모든 여름 아침들은 세상의 첫 아침 같다. 여름의 모든 저녁들은 세상의 엄숙한 종말 같은 표정을 짓는다. 바다에서 저무는 저녁들은 비길 데가 없다. 모래언덕 위로 태양이 내리꽂는 햇빛은 납작하게 짓누르는 것만 같다. 오후 두시의 뜨거운 모래밭은 백 미터쯤 걸으면 취한 기분이 된다. 잠시 후에는 쓰러질 것이다. 저 태양이 죽일 것이다. 아침에, 금빛 모래언덕 위 갈색으로 그을린 몸들의 아름다움. 튀어오르는 빛 속에서의 유희와, 그 벌거벗음의 무서운 순수함."• 카뮈에게 가난과 파출부로 일하는 문맹인 어머니, 알제리의 바다와 황금빛 찬란한 햇빛이 있었다면, 내게는 누대의 관례처럼 내려온 가난과 농경지들, 황토와 바람, 거두고 길러주신 외할머니와 한국 중부 지방의 비산비야가 있다.

과거의 성분들은 상실이 안쪽에 쌓는 달콤한 향수와 멜랑콜리로 이루어진다. 반면 "미래는 낮달과 같다. 내성적이지만 충실한 동반자, 너무도 우아해서 거의 보이지 않는, 눈에 띄지 않는 경이驚異이다."•• 미래는 오지 않은 것이 아니라 이미 삶의 안쪽에 와 있다. 미래는 균질하지 않은 현재이고, 소수의 사람들에게 보일 뿐이다. 사람은 현재가 아니라 제 안쪽에 도래해 있는 우아한 미래를 선취한다. 현재라고 믿는 찰나들은 과거에 와 연루된 시간들, 과거라는 미몽으로 뒤덮인 시간들이다. 미래는 시간의 선조성을 타고 오지 않는다. 미래는 전체상을 현실의 자명함 안쪽에 은닉한 채 드문드문 보이다가 어느 순간 범람하며 현재를 뒤덮는다. 그제야 우리는 낯선 시간이 아닌, 현재로서의 미래를 알아본다.

오늘의 삶이 곧 미래의 삶이다. 현재는 곧 과거로 돌아가며 퇴적층이 되어버린다. 퇴적층이 되어버린 삶은 더이상 활성이 사라진 채 부동하는 삶

• 알베르 카뮈, 같은 책, 188쪽.
•• 로버트 그루딘, 같은 책, 73~74쪽.

이다. 부동하는 것은 죽는다. 미래를 살려는 사람은 역동하는 상상력과 통찰하는 지혜와 용기로 가득찬 가슴을 가져야 한다. 걷고, 뛰고, 날아오르는 삶, 높이를 향해 도약하며 역동하는 삶, 그리하여 낯선 곳에 대한 모험을 두려워하지 않는 용기가 우리를 명예롭게 한다. 그 명예로움을 위해서라면 퇴적층으로 굳어가는 것들과 결별하고 떠나지 않을 까닭이 없다. 어디라도 좋다. 명예라는 수도원에 들려면 먼 곳, 되도록이면 먼 곳으로 떠나야 한다! 진정 명예를 갈망하는가, 그렇다면 서둘러 지도를 펴서 가보지 않은 나라와 지방들을 짚어보고, 기차와 비행기편을 알아보고, 머무를 숙소를 예약하고, 당장 여행 가방을 꾸려라!

ㅇ푸르름의 음계는 '도'다

작년 7월, 처음으로 시드니에 왔었다. 1788년 영국의 필립 선장이 죄수 선단을 몰아 호주의 동쪽 끝에 도착하는데, 그 자리가 지금의 시드니다. 시드니는 뉴사우스웨일스 주의 주도이고, 호주 남동해안을 끼고 낮은 구릉 위에 들어선 항구 도시다. 유배지는 무역항이자 현대 도시로 탈바꿈한다. 도심권은 서쪽 블루 산맥에서 동쪽 태평양까지, 북쪽 혹스베리 강에서 보터니 만 남쪽까지 뻗어간다. 사계절 내내 날씨는 온화하다. 가장 더운 2월 평균 기온이 22도이고, 가장 추운 7월 평균 기온은 12도다. 비는 가을에서 겨울로, 겨울에서 봄으로 바뀌는 환절기에 내리고, 정작 여름과 겨울에는 맑은 날씨와 건조한 기후가 이어진다.

사람은 기후 영향권을 벗어나 살 수는 없다. 기후란 강우의 양과 빈도, 날의 차고 더움, 바람의 세기와 방향, 태양의 복사량의 변화, 습도 따위 기상요소 일체를 아우르는 꽤나 복잡한 것이다. 그것은 나날의 삶을 빚는 매우 중요한 상수常數다. 지상의 생물권에 장기적으로 영향을 미치고, 사람의 기분과 감정 생활, 의식주, 생물적 현존에도 깊이 관여한다는 점에서 그렇다. 공룡의 멸종은 급격한 기후 변화 탓이다. 반면 지난 3백여 년 동안 인류가 눈부신 문명 성장을 이룬 것은 기후가 좋았던 탓이다. 분명 쾌적한 기후는 안락한 삶을 꾸리는 데 한몫을 거든다. 좋은 기후는 분명 시드니 사는 사람들이 누리는 큰 축복이다.

젊은이들은 불가능의 불가능성을 부정한다. 그런 반항과 무모함이 젊음의 성분이라면, 시드니는 젊은 도시가 아닐 것이다. 어쩐지 통제 불가능한 혼돈을 배제하고 질서와 조화를 따르는 도시, 그게 시드니의 느낌이다. 사실 도심을 벗어나 지질학적 특징을 살필 수 있는 해안으로 근접해 보면, 시드니가 오래된 해안과 늙은 절벽들을 품은 장년기의 땅이라는 걸 알 수 있다. 시드니는 늙은 땅에 세워진 아주 젊은 도시다.

시드니의 첫인상은 하늘의 푸르름에서 온다. 가을에서 겨울을 거쳐 봄에 이르는 동안 환절기 며칠을 빼놓고는 청명한 날들이 이어진다. 7월이면 시드니는 건기다. 하늘은 청명하고 푸르렀다. 그 푸르름은 바닥을 짐작조차 할 수 없는 깊이와 투명함을 품은 푸르름이다. 사람들은 그 깊이에 반한다. 그 푸르름은 투신하고 싶은 유혹을 느낄 정도다. 환청이었을까, 나는 그 푸르름에서 어떤 소리를 들었던 것 같기도 하다. 모든 사물과 장소들은 저마다의 빛깔과 음音들을 갖고 있다. 소리와 빛깔은 하나다. 그 이론을 내놓은 이는 예수회 신부 카스텔이다. 1730년에 신부 카스텔은 이렇게 쓴다. "파란색은 하늘의 색깔이므로 하느님의 빛깔이다. 하느님은 출발점의 음이므로 옥타브의 첫번째 음인 도에 해당한다. 따라서 도는 파란색이다."• 푸른 하늘의 음계는 '도'다. 시드니는 '도'의 음계를 가진 도시다. '도'는 하느님의 음계고, 이것은 푸른색 이외의 다른 색깔일 수가 없다. 시드니에서는 하늘과 바다는 말할 것도 없이 시간, 햇빛, 바람 들이 다 푸르다. 그 푸름에 물든 것들이 천상의 오르간인 듯 '도' 를 길게 울린다. '도'라는 음계가 울릴 때, 내 안의 '도'가 조응하면서 같은 소리를 낸다.

또다른 인상은 서큘러 키와 록스를 걸으면서 오감에 비벼진 성분들로 인해 각인된 것이다. 노천카페, 레스토랑, 바는 흔하다. 눈앞의 바다에는 페리와 크루즈들이 정박해 있다. 현대 미술관에서 하버 브리지 파이론 전망대까지 이어지는 위쪽으로 시드니의 오래된 록스 거리가 펼쳐진다. 록스는 빅토리아 양식의 건축물들과 좁은 골목길이 있는 올드 타운이다. 오페라 하우스에서 하버 브리지까지 이어지는 길을 걸으면 감탄사가 나온다. 넘실대며 햇빛에 반짝이는 바다는 깨끗하다. 어떤 오염 물질도 부유하지 않는다. 내륙의 빌딩들은 수직으로 솟구친 높이로 늠름한데, 바다는 그것과 좋은 짝을 이룬다. 초고층 빌딩들, 바다를 끼고 이어지는 도로들, 야외 카페와 바들, 곡선을 그리며 떠 있는 하버 브리지, 그리고 옛 건물들로 한껏 고풍스러운 록스 거리들. 록스 거리의 '팬케이크 오브 록스'. 거기서 먹은 포크 립스와 스테이크, 그리고 롱블랙을 잊지 못하리라.

시드니가 바다를 품은 게 아니라 바다가 시드니를 품는다. 내가 시드니

• 베르나르 베르베르, 『베르나르 베르베르의 상상력 사전』, 이세욱 · 임호경 옮김, 열린책들, 2011, 573쪽.

에 이끌린 것은 바다 때문이다. 우리가 은비늘 반짝이는 잔잔한 바다에 이끌리는 것은 생명이 바다에서 나왔기 때문이다. 인류 역사의 기원을 거슬러올라가면 바다와 만난다. 바다는 생명의 원적原籍, 인류 시원의 고향이다. 바다가 이유도 없이 노스탤지어를 자극한다는 게 그 증거다. 어디 그뿐인가. 몸의 7할은 물로 이루어져 있다. "물을 마시고 먹고 배출하고 생각하는 몸의 조직은 습지이자 강어귀이고, 기관들은 섬이고, 혈류는 실개천과 여러 수원이 있는 긴 강이다."• 물은 몸으로 흘러들어왔다가 어느 틈에 바깥으로 흘러나간다. 혈액, 땀, 눈물 들은 다 짠 바다의 일부분이다. 이 물은 우주를 순환하는 물이다. 사람이 죽으면 물은 순환하지 않고 바깥으로 주르륵 흘러나간다. 물은 죽은 자의 몸에서는 순환하지 않는다. 물은 생명의 일부이고, 생명을 유지하는 근본적 성분이다. 달은 물에 영향을 미친다. 달의 주기에 따라 바닷물은 뭍으로 왔다가 다시 뭍에서 멀어진다. 달은 바닷물에 영향을 미치듯이 여자가 가진 물의 흐름, 즉 생리 주기에도 관여한다.

이 인공 도시와 바다는 근사한 조화를 이룬다. 강철과 강화 콘크리트, 철만큼이나 강도가 센 유리로 지어진 고층 빌딩들, 이 거대 도시를 만든 공학에 대해 나는 자세히 알지 못한다. 그러나 나는 바다와 더불어 소슬한 조화와 균형에 도달한다. 이 도시가 기하학과 고등 수학으로 빚어졌다는 것을 안다. 모든 구조물의 선과 면, 비율과 조화라니! 그것들은 침울함

• 다이앤 애커먼, 같은 책, 279쪽.

과 불행은 물론이거니와 퇴폐적 관습과 황폐한 정서마저 싱싱한 것으로 바꿔내는 역동으로 생생하다. 알랭 드 보통은 파리가 손꼽을 만큼 아름다움을 자랑한다고 감탄한다. "이 질서 잡힌 거리는 더 높고 집단적인 구도를 위하여 개인적 자유를 내놓는 일의 유익을 가르친다. 이 구도 속에서는 모든 부분이 전체에 기여하여 더 큰 뭔가가 된다. 우리는 말다툼을 벌이고, 죽이고, 훔치고, 거짓말을 하기 쉬운 피조물이지만, 이 거리를 보다 보면 우리도 가끔은 천박한 충동을 극복하고 수백 년 동안 이리들이 으르렁거리던 황무지를 문명의 기념물로 바꾸어놓을 수도 있다는 생각을 하게 된다."• 이리들이 으르렁거리던 황무지를 문명의 기념물로! 이런 찬사는 다른 어떤 도시보다 시드니에 더 잘 어울리는 게 아닐까?

우리는 글레노리에서 버스를 타고 캐슬 힐Castle Hill을 거쳐 시드니 시티로 나온다. 오페라 하우스에서 이어지는 동선을 따라 지하층 오페라 키친과 오페라 바에 들른다. 아마도 하버 브리지를 배경으로 하는 시드니의 경관에 먼저 취했을 것이다. 그다음 맥주를 들이켜며 과도한 멜랑콜리에 취해버렸다. 하버 브리지는 붉은 노을을 배경으로 그 웅장함을 뽐낸다. 그 풍경과 과도한 멜랑콜리에 취해 많은 시간을 흘려보낸 게 틀림없다. 우리는 글레노리로 돌아오는 마지막 버스 시간을 놓쳤다. P와 나는 궁리 끝에 택시를 타고 스타 시티로 갔다. 차가운 거리에서 밤을 새울 수는 없는 노릇이니까. 우리는 카지노에서 여행자의 푼돈을 쪼개 마련한 판돈으로

• 알랭 드 보통, 『행복의 건축』, 정영목 옮김, 이레, 2007, 189쪽.

블랙잭과 바카라를 하면서 밤샘을 했다.

새벽 6시쯤 스타 시티에서 나와 걸었다. P와 나는 밤샘을 한 초췌한 몰골로 새벽 거리를 걸었다. 시간이 일러 인적이 드문 거리에서 지친 발걸음으로 캐슬 힐로 가는 버스 정류장을 찾아 헤맸다. 그때 시드니가 우리에게 맨 얼굴을 보여준다. 낯설고 이상한 흥분으로 들뜨면서 발걸음이 이내 가벼워졌다. 그 갑작스러운 변화에 어리둥절해하며, 도대체 이 순수한 기쁨은 어디에서 온 것일까라고 의문을 품었다. 그 비밀은 해가 뜨면서 드러난다. 시드니는 거대한 수정같이 빛나기 시작했다. 햇빛이 직선으로 뻗치고, 이 도시의 순수한 미는 더는 감출 수 없는 것이 되어버렸다.

캐슬 힐 행 버스를 타려고 타운 홀에서 조지 스트리트를 따라 북쪽 방향으로 걸을 때 밤샘 탓으로 몽롱해진 전두엽을 직선으로 뻗은 도로와 고층빌딩들의 윤리적인 비율, 절제된 선, 축복 같은 조화의 미가 벼락 치듯 덮친 것이다. 천재 건축가인 르 코르뷔지에는 숫자들과 수학의 건조한 수식들이 시라는 언어로 빚은 수정水晶과 대립한다는 일반의 관념을 비웃고, 그 엉터리 믿음을 맹신하는 이들에게 절망한다. 그는 가장 좋은 건축은 기하학과 시의 완벽한 조화를 통해 이룩하는 형태의 아름다움으로 나타난다고 믿었다. "이런 것들은 아름답다. 일관성이 사라진 것처럼 보이는 자연이나 인간 도시 한가운데서 이곳이야말로 기하가 있는 장소이며, 실용적인 수학이 지배하는 영역이기 때문이다…… 기하는 순수한 기쁨이 아닐까?"• 시드니는 기하학이 숨쉬는 장소이며 실용 수학이 지배하는 영역이다. 도로들, 고층 빌딩, 다리, 광장의 비율과 조화에 대해 우리는 이상한 방식으로 순수한 기쁨을 얻고 감동에 빠진다. 그것은 죽음에 대한 삶의 승리, 영원에 대한 찰나의 늠름함, 거칠게 날뛰는 원시 자연에 대한 기하학과 수학의 장엄한 승리를 실감하는 순간이다.

● 알랭 드 보통, 같은 책, 189쪽에서 재인용.

○ 아름다움에 대처하는 올바른 자세

자연은 인공 구조물들, 집과 건물들, 벽과 거리들, 그 물성의 미적 기준들을 외시하는 비율과 균형을 삼키고 무너뜨린다. 자연은 인공물들을 침식한다. 자연 안에서 자연은 혼돈 속에서 다투고 쓰러뜨리며 놀라운 변화를 만들어낸다. 초목들이 헝클어진 야생의 숲과 황무지에서는 무질서가 최고의 질서다. "자연은 그냥 내버려두면 망설임 없이 우리 도로를 짓밟을 것이며, 건물을 할퀼 것이며, 우리 벽에 제멋대로 덩굴을 뻗어, 우리가 신중하게 짜놓은 기하학적인 세계를 원시의 혼돈으로 되돌려놓을 것이다. 자연의 길은 인간의 작업을 부식하고, 녹이고, 약화시키고, 더럽히고, 갉아먹는 것이다. 결국 자연이 승리를 거둘 것이다."• 동양의 철학자 노자도 자연이 어질지 않다[天地不仁]라고 단언한다. 이때 자연은 원시 자연이다. 이 무질서한 자연에 대한 기하학의 기념비적 승리를 보여주는 도시는 시드니 말고도 많다. 뉴욕이나 도쿄, 홍콩이나 방콕, 런던이나 베를린, 프라하나 빈, 암스테르담이나 코펜하겐을 걸을 때 나는 기하학과 수학으

• 알랭 드 보통, 『행복의 건축』, 같은 책, 191쪽.

로 빚어진 현대 도시의 매력에 흠뻑 빠지곤 했다.

시드니는 바다라는 천혜의 조건을 제 품으로 끌어안은 채 문화를 덧씌운다. 바다는 그냥 바다로 있는 게 아니라 빛과 파도로 생동한다. 바다는 아침볕이 돋을 때마다 새로 태어난다. 그것은 끊임없이 출렁이는 탓에 머물러 낡아지는 법을 모른다. 시드니는 문화가 기억을 관례화하는 것, 혼돈에 강제적 질서를 부여하는 것, 결국 자연에 대한 테크놀로지의 승리라는 걸 보여준다. 새벽의 시드니, 한낮의 시드니, 저녁의 시드니를 걸으면 알 수 있다.

라이너 마리아 릴케는 "아름다움이란 우리가 가까스로 견딜 수 있는 무서움의 시작"•이라고 쓴다. 시인의 무서운 직관이 길어올린 날카로운 통찰이다. 사람은 본성적으로 아름다움을 좋아하도록 타고난다. 아름다움에 속절없이 반응하는 게 마음의 본래 바탕이고, 하늘에서 부여받은 본성이다. 아름다움과 마주치면 그것을 손에 쥐고 자기 것으로 만들고 싶어

• 이 구절은 라이너 마리아 릴케의 『두이노의 비가悲歌』 제1가(한기찬 옮김, 청하, 1986)에 나온다. 전문은 이렇다. "내 울부짖은들 천사의 열列에서 누가/들어주랴. 설혹 한 천사가 있어 갑자기/나를 가슴에 껴안는다 해도, 그 힘찬 존재 때문에/나는 사라지고 말리라. 왜냐하면 아름다움이란/우리 가까스로 견딜 수 있는 무서움의 시작에 불과함으로./우리가 아름다움을 그토록 찬미함은 파멸하리만큼/아름다움이 우리를 멸시하기 때문이다./천사는 무서운 존재/그리하여 나 스스로 억제하며 어두운 흐느낌 유혹하는/소리 삼키는 것이니. 아아, 우리가 부릴 수 있는 자/누구란 말인가. 천사도 인간도 아니다./영리한 짐승은 벌써 알고 있나니/이미 알고 있는 세상 의지하고 우리 더이상/편안할 수 없음을. 아마도 우리에겐/매일같이 보고 또 볼 비탈길 어느 한 그루 나무만이/남아 있으리라. 또한 어제 거닐었던 거리와,/우리가 마음에 들어 가지 않고 머물러 있는/습관의 뒤틀린 성실함이 남아 있으리라./오오, 그리고 밤, 밤이 있다./그때 세상 공간 가득한 바람이/우리의 얼굴을 파먹는다./누구에게 밤이 남아 있지 않으랴./기다렸으면서도 부드러운 환멸을 느끼게 하며/외로운 마음에 고통스레 다가서는 밤./연인이라 해서 밤이 더 마음 가벼울까./아아, 그들은 서로 상대방에게 자신의 운명을 감출 뿐이다./아직도 그대 모르겠는가? 우리 호흡하는 공간 속으로/그대 두 팔에서 공허를 던져버려라. 아마도 새들은/그 더욱 열렬한 비상과 더불어 넓혀진 대기를 느낄 것이다."

안달하는 게 사람의 성정이다. 하지만 아름다움은 사유화하려는 자에게 귀속되지 않는다. 아름다움을 거머쥐려고 하는 순간 미끄러져 멀리 달아난다. 이것을 가질 수 없다는 사실을 깨닫는 찰나 우리는 공허감과 만나면서 절대적 무력감에 빠진다. 철학자이고 소설가이며, 카뮈의 스승인 장 그르니에는 자신의 한 친구가 그 풍경의 아름다움과 관련해서 겪은 일화를 소개한다. 어느 날 오후, 이 친구는 한 여행지에서 호텔방의 덧문을 열자마자 숨을 멎은 채 넋을 잃는다.

그는 무엇에 넋을 잃었던 것일까? 그는 나무들, 하늘, 포도나무들, 교회들이 한데 어우러져 소용돌이치는 공간을, 고지에서 굽어본 아름다운 시에나의 시골 풍경을 보고 놀란다. 그가 울음을 터뜨린 것은 아름다움에 대한 감탄 때문이 아니라 깊은 무력감 때문이다. 아름다움이 눈앞에 있는데 그걸 소유할 수 없다는 사실에 절망한 것이다. 장 그르니에는 그 충격을 이렇게 압축한다. "우리를 가득 채워야 할 것이 오히려 우리 안에 끝없는 공허함을 키운다."• 아름다움은 한 개인에게 영속적 귀속이 불가능하다. 그것은 단 한 번 불꽃처럼 타올랐다가 덧없이 스러지는 것이며, 두 번 되풀이할 수 없는 기적이다. 아름다움은 부재로써만 경험할 수 있는 것, 우리 내면에 끝없는 공허감을 채워놓는다는 것.

글레노리 서북쪽 도로를 따라 짧은 주말여행에 나선다. 수필가로 활동

• 다비드 르 브르통, 같은 책, 124쪽

하는 유금란씨가 자동차로 글레노리에 와서 P와 나를 싣고 세인트 알반스로 데려가기로 약속했다. 세인트 알반스는 글레노리에서 와이즈만 페리를 거쳐 자동차로 한 시간가량 달려야만 하는 지역에 있다. 백 년 전 광산 개발로 생긴 마을이다. 한때 광산 개발로 광산 노동자 수만 명이 몰려와 북적거리고 번성하던 곳이었다. 광산은 폐쇄된 지 오래고 노동자들은 뿔뿔이 흩어져 사라졌다. 지금은 한적하고 고요한 시골 마을이다.

자동차는 혹스베리 강을 옆에 끼고 비포장도로를 달리다가 바지선에 실려 강을 건넌다. 강물은 전날 비가 내린 탓에 누런 흙탕물이다. 가랑비가 가랑가랑 내렸는데, 곧 구름이 걷히고 쾌청하게 갠 하늘이 나온다. 눈부신 햇살이 누리에 뻗쳐온다. 나뭇가지의 연초록 잎마다 빗방울이 맺혀 반짝인다. 다시 검은 구름이 몰려와 해를 가리고, 이내 소나기가 후드득 떨어지며 폭우로 변한다. 빗방울들이 거칠게 대지를 두드리고, 팬 자리마다 누런 흙탕물이 괴어 웅덩이가 생긴다. 한치 앞을 내다볼 수 없는 폭우로 먼 풍경들이 더 멀어진다. 세인트 알반스로 가는 길에 햇빛과 비가 번갈아가며 나타난다.

목장 철책을 뛰어넘은 소 두 마리가 길가에 나와 우두커니 서서 비를 맞다가 자동차가 접근하니 겁을 먹었는지 황급하게 목장 안으로 뛰어든다. 자동차를 세우고 그 허둥대는 꼴을 지켜보며 우리는 웃었다. 세인트 알반스로 가는 길은 구불구불 이어지는 강원도 대관령 길을 연상시킨다. 길을 휘돌고 감돌아 오르고 내려가며 달리니 마침내 세인트 알반스가 나타난다. 작년에 사진을 찍었던 아름다운 다리가 서 있고, 검은 소들이 풀을 뜯는 초지들이 이어진다. 샌드스톤을 쌓아 지은 백 년은 족히 넘었을 고풍스러운 음식점도 여전하다. 작년에 이곳서 걸쭉하게 끓여낸 야채 수프를 맛있게 먹었던 기억이 생생하다.

세인트 알반스에서 작가 축제가 열리는 중이라 한적한 마을이 사람들로 북적거리고 활기찼다. 우리는 점심식사로 호주 전통 음식을 주문하고 야외 테이블에 앉아 기다렸다. 음식을 담은 접시들이 나온다. 호주 가정식 미트파이, 연어샐러드, 어니언 수프, 빵, 치즈와 버터, 흑맥주 세 잔. 수프는 뜨겁고, 야채들은 신선하며, 고기를 다져넣은 미트파이의 풍미는 만족스럽다. 세 사람은 늦은 점심이라 허기가 진 상태다. 하지만 귀족처럼 우아하게 그 음식들을 혀에 올린 채 낱낱이 음미하며 서두르지 않고 먹어치운다.

점심식사를 마친 뒤 세인트 알반스를 천천히 걸었다. 노랗고 붉고 하얀 봄꽃들이 여기저기 흔전만전으로 피어 있는데, 그것을 바라보는 자의 마음에 생기를 불러온다. 봄꽃들은 대륙의 꽃들답게 실로 크고 다양하다. 아젤리아, 메그놀리아, 카멜리아, 재스민, 체리블라썸, 버틀브러쉬, 제라늄, 아이리스, 거베라, 캥거루 포, 가데니아 등등 낯선 꽃 이름들을 발음해본다. 어떤 꽃은 한국에서 본 꽃과 닮았지만 여기서는 다른 이름으로 호명된다. 꽃들은 세상을 화창하게 만드는 데 한몫을 거든다. 기분이 화창해진 채 저 꽃들을 보는데, 불현듯 기원을 알 수 없는 슬픔이 와서 마음을 뒤덮는다.

저 활짝 핀 꽃들을 포함해서 풀, 나무, 젊음, 생명은 그 어느 것도 영원하지 않다. 영원하지 않고 시들어 사라지는 것들이어서 아름답고 서글프다. 덧없이 사라질 것들. 모란과 작약, 동 터오는 여름 새벽, 동지의 청명한 하늘, 바람에 일제히 한 방향으로 쏠리는 대숲, 산능선, 숲속의 오솔길, 황홀경을 불러오는 뜻밖의 경관들, 세상의 죄 따위는 모를 것 같은 싱그러운 여인과 까르륵 웃는 아기들…… 아름다움은 거친 밥을 먹는 사람들을 기쁨으로 충만하게 하고, 범속한 것들조차 광휘로 감싸는 연금술이다. 아름다움은 권태와 허무함이 뒤섞인 감정을 끌어올리며 돌연 사람을 침울과 슬픔의 계곡으로 내동댕이친다. 아름다움이 슬픔은 아니지만 그것을 바라보는 자의 마음을 슬픔에 잠기게 한다. "슬픔은 수동성이다. 내가 거기에 도달하지 못할 때 슬퍼진다."• 슬픔은 수동성의 기질 속에서 또렷해진다. 슬픔은 고요하고 움직이지 않는다. 사람들은 아름다움이 곧 슬픔이라는 사태에 직면해서 당황하고 어리둥절해하다가 수습할 수 없는 충격에 빠진다.

정신분석학자인 지그문트 프로이트는 세상이 다 아는 유명한 인물이다. 그는 당대 최고 시인 릴케와 지적인 여성 루 살로메 등과 삼각 친교로도 유명하다. 그는 릴케와 함께 이탈리아의 백운암 산맥을 거닌 추억을

• 프레데리크 그로, 같은 책, 203쪽.

에세이로 남겼다. 화창한 여름날, 꽃들은 만개했다. 화려한 무늬를 가진 나비들이 만개한 꽃들 위로 날아다녔다. 프로이트는 그 주 내내 비가 내려 실내에만 갇혀 있었던 탓에 사방이 툭 트인 야외로 나오자 마음이 달뜬 상태다. 반면 릴케는 고개를 푹 숙이고 땅만 바라보며 걸음을 떼어놓았다. 그는 웬일인지 내내 침울했다. 그를 침울함에 빠뜨린 것은 이 아름다움이 찰나에 불과하다는 것, 곧 사라지고 말 것이란 서글픈 자각이다. 릴케는 "이 모든 아름다움이 소멸할 운명이라는 것, 겨울이 오면 사라진다는 것, 인간의 모든 아름다움과 인간이 창조했거나 창조할 아름다움도 그와 마찬가지라는 것"•을 슬퍼했다. 이렇듯 아름다움이 한 위대한 시인을 낙담에 빠뜨리고 절망으로 밀어넣었다. 오, 모든 아름다움의 덧없음이여.

절대의 미 앞에 선다면 마치 부재하는 자처럼 숨을 죽이고 그것이 별똥별처럼 홀연 사라질 때까지 기다려야 한다. 그게 우리가 아름다움 앞에서 취할 수 있는 자세다. 이 세상에는 그것의 상실을 보상해주는 어떤 손해보험도 없다. 그렇더라도 실망하지 말자. 아름다움 앞에서 지나치게 주눅들지 말 것. 아름다움의 찰나들을 들이켜고 마시며 도취한 채 황홀경에 들 것. 그것에 흠뻑 취하는 걸 어떤 이유로도 유예시키지 말 것. "태양은 아침 별에 불과해"라고 헨리 데이비드 소로의 말을 중얼거릴 때 당신은 묵묵히 햇빛 환한 쪽에 눈길을 두었다. 지금 이 찰나는 곧 사라진다. 이 봄

• 알랭 드 보통, 『행복의 건축』, 같은 책, 16쪽.

날은 우리 생에 두 번 다시 돌아오지 않는다. 아름다운 것들은 우리를 수동적 허무주의에 머물게 하고 한번 가버린 뒤 다시 돌아오지 않는다!

○괄호 속의 행복

삶과 죽음 사이에서 거리는 자명하다. 사방에 넘치는 빛이 거리의 자명함을 더욱 두텁게 한다. 거리를 걸을 때 거리에 파동 치는 빛, 공기, 고층건물들의 위용, 세련되게 디자인된 간판들, 쇼윈도, 민소매 옷을 입고 걷는 젊은 여인들, 아이스크림을 떠먹는 아이들, 긴 나팔을 불며 부메랑을 파는 원주민의 후예들, 바다에 정박한 요트들 사이에서 시선은 그것들을 채집하기 위해 분주하다. 걷는 자들은 풍경을 들이마시며, 그것으로 자기의 피와 살을 만든다. 걷는 것은 풍경을 제2의 육신으로 끌어안는 일이다. 걷기는 "가장 전형적인 인류학적 활동"•, "괄호 속의 행복"••이다! 걷는 자는 일상의 속박과 의무에서 벗어나 일시적 자유를 얻고, 자기를 빚는다.

걸을 때 사람은 제 팔다리를, 팔다리의 근육과 관절들을 써서 이동한다. 걷기가 몸을 움직이는 일이라는 게 잘 알려져 있지만 자아를 옮기는 일이라는 건 덜 알려진 사실이다. 걷는 자에게 우주의 중심점은 바로 자기 자

•다비드 르 브르통, 『걷기 예찬』, 김화영 옮김, 현대문학, 2002, 90쪽.
••프레데리크 그로, 같은 책, 15쪽.

아다. 이 자아라는 중심점을 확장하며 세계를 만든다. 걷는 자는 그 자아라는 중심점이 세계 바깥으로 분산하고 확장하고, 다시 그 자아를 제 안으로 끌어당길 때 세계의 풍경들도 끌어당긴다. 모든 걷는 자들은 일과 관계의 속박에서 자기를 분리해낸다. 가족 부양의 책임과 소비와 상품의 재분배와 성과에 매달리는 자기착취도 그친다. 걷는 자는 자기의 현존이 여러 갈래로 찢기지 않은 채 머물기를 욕망하며 나 자신을 멈춘다. 걷기는 에너지를 쓰는 신체활동이지만 그 본질은 멈춤에서 파열하듯 나타난다. 관성과 운동성의 결과인 이동은 실은 멈춤의 이동이다.

얽매는 것들의 방임이고 방기라는 점에서 걷기는 실존의 중대한 선택이다. 걷는 자는 사회의 요구를 거부함으로써 게으르고 무용한 자로, 더러는 사회 질서와 제도의 전복을 꿈꾸는 위험 분자로 낙인찍힐 수도 있다. 걷기는 온전한 자기로 귀환하기 위한 사회적 활동의 멈춤이고, 이윤과 성과의 확대 따위에서 자기를 끊어내는 것이다. 멈춤에서 끝나지 않고 자기 행복의 증진을 위해 앞으로 나아가는데, 이때 자기 몸과 외부 지리를 섞으며 얻는 소박한 즐거움을 누리는 일이고, 궁극적으로는 현존의 힘을 키우는 일이다. 나는 시드니에서 온몸의 감각을 열고 걸어가는 기쁨을 원없이 누렸다.

시드니를 걷는 것은 이 도시의 공기, 냄새, 소리, 색채들, 그리고 경관 전체를 고스란히 빨아들여 몸의 감각 안에 새기는 일이다. 걷는 자는 외부의 지리를 걷기라는 연속적 활동 속에서 제 몸에 합친다. 내가 걸을 때 들숨과 날숨을 쉬고 몸을 흔들며 전진하는 내 안으로 흘러들어왔다가 다시 흘러나간다. 이 외부 지리는 외부에서 되찾은 또다른 몸이다. 풍경을 사물화하면서 그것을 제 바깥으로 밀어내는 자는 관광객이고, 풍경을 관능의 체감으로 제 안에 끌어들여 합일의 기쁨을 누리려는 자는 여행자다. 나는 여행자로 거리를 누비면서 걷는다. 시드니의 거리를 걷는 것은 몸의 감각과 표피에 시드니를 잊을 수 없도록 새기는 행위다. 관광은 시간을 소비하고, 풍경을 소비하는 일이다. 그것은 덧없이 흩어져가는 것들에 대한 투항이고, 시간과 풍경에 담긴 '이색적인 것' 의 소비다. 욕망도 창조도 없는 게 관광이다. 반면 여행은 여행지를 허겁지겁 뜯어먹는 것이다. 아아, 시드니는 맛있다! 나는 시드니를 걸으면서 맛있는 빵인 양 뜯어먹는다. 내가 야금야금 뜯어먹은 시드니는 시간이 흐르면서 살이 되고 피가 될 것이다.

시드니 체류의 날들이 얼마 남지 않았을 때 정동철 변호사가 오페라 하우스의 뮤지컬 공연을 예약했다고 연락을 해왔다. 그는 시드니에서 만나 사귄 젊은 벗이다. 큰 기대 없이 갔는데, 우선 낮 한시 공연에 구름같이 몰려든 관객을 보고 놀란다. 여객선 안에서 한바탕 소극笑劇을 벌이다가 할리우드식 해피엔딩으로 맺는 뮤지컬인데, 머리가 허연 노인들이 우습지 않은 대목에서도 연신 웃음을 터뜨린다. 나는 티브이 개그 프로들이 보여주는 지독한 풍자와 익살에도 잘 웃지 않는다. 연신 웃음을 터뜨리는 저 호주 노인들은 그들이 사는 사회가 연성軟性 사회라는 걸 말해준다. 지독한 농담에도 잘 웃지 못하는 나는 경성硬性 사회에 살고 있는 게 틀림없다.

그런 사실을 되씹으며 잠시 쓸쓸해지고 쓸데없는 자기 연민에 빠진다.

오페라 하우스는 항만의 잔교 남동쪽에 있다. 이 건축물은 그뒤로 보이는 하버 브리지와 더불어 시드니의 랜드마크이다. 덴마크 건축가 이외른 우촌이 설계하고 14년 동안 긴 세월에 걸쳐 완공한다. 오페라 하우스는 선과 면, 입면도와 평면도, 비례와 굴곡, 다이어그램을 통해 질서와 조화를 실현한다. 하얀 조개껍데기를 겹친 듯한 이 건축물은 어느 시각, 어느 지점에서 보느냐에 따라 형태가 달라지고 느낌도 달라진다. 태양의 고도와 빛의 양에 따라 지붕 색깔이 바뀌기 때문이다. 석양 무렵 지붕이 황금빛으로 물들 때 오페라 하우스는 기하나 수학과 더불어 인간의 의지와 몽상의 승리를, 그리고 절대의 아름다움을 뽐낸다.

보랏빛 어둠이 땅에 깔리기 직전, 붉은 석양빛이 남아 있을 때 오페라 하우스의 반원형 지붕들은 붉은빛에 물든 채 마치 돛을 세우고 푸른 바다로 뛰쳐나갈 듯한 모습이다. 그것은 밖에서 보는 것일 뿐, 내부로 들어서면 그 느낌은 또 달라진다. 내부는 더 세련되고 더 섬세하다. 박스 오피스에 꽂힌 리플릿을 보면 이런 문구가 보인다. "안으로 들어오셔서 돛 모양의 지붕 아래 호주에서도 가장 뛰어난 건축물의 심장부를 찾아보십시오. 그제야 바깥에서 보이는 것은 이야기의 반에 불과하다는 것을 느끼시게 될 것입니다." 바깥에서 보이는 것은 이야기의 반에 불과하다는 문구에 자부심이 숨길 수 없이 드러난다. 리플릿 문구는 이렇게 이어진다. "건물 안으로 들어오셔서 로비 근처와 신성시되는 공연장들을 둘러보고, 세계적으로 유명한 조가비 모양의 외벽 타일도 손으로 쓸어보고, 주문 제작된 흰색 자작나무 의자에도 앉아보고, 세계에서 가장 큰 축에 속하는 기둥 없는 실내 공간의 아치형 천장들에 감탄도 해보십시오." 다소 상투적이지만, 이 문구들에 거짓이나 과장은 없다.

오페라 하우스는 공연 홀, 극장, 화랑, 도서관, 박물관 두 개로 이루어진 복합 건축물이다. 다른 부대시설도 인상적이다. 레스토랑은 시드니 하버를 조망하며 식사를 할 수 있는 곳이다. "신선한 스시와 촉촉한 새우, 삼목 판자구이 연어, 앙증맞은 미니 와규와 치킨 버거, 통통한 만두, 스프링롤" 등을 즐기라고 유혹한다. 화장실에 들렀을 때 또 한번 감탄을 한다. 화장실의 정결함에 기분이 좋아졌는데, 손을 씻으려고 세면대 앞에 섰을 때 세면대 형태의 독특함에 눈길이 머문다. 대개 세면대는 물을 담았다가 개수구를 통해 하수가 흘러나가는데, 이것은 다르다. 우선 물을 담을 수 있는 용기容器가 없다. 저수조가 없는 대신 곡선으로 휘어진 하얀 도자기 판면을 사면斜面으로 만들어 물이 흘러나가게 하였다. 발상의 전환이요 상식의 전복이다.

사실을 말하자면 시드니는 뉴욕이나 파리보다 볼거리가 더 많지도 않고, 더 화려하지도 않다. 아테네의 파르테논, 이스탄불의 블루모스크같이 인류가 기릴 만한 고대 유적도 없다. 시드니 건물들은 현대적인 것들이며, 이것들은 규범적이고 도덕적인 질서와 그 굳건함 위에 세워져 있다. 오페라 하우스가 없었다면 시드니는 그저 평범한 항구 도시 중 하나에 불과했을지도 모른다.

오후 5시 무렵, 시드니 공무원들과 업무를 마친 사무직 종사자들 수천 명이 거리로 쏟아져나온다. 각국의 상사 주재원들은 바이어들을 만나려고 서둘러 약속 장소를 찾는다. 이들 거리로 쏟아져나온 사람들과 세계 각지에서 몰려든 관광객 수만 명이 뒤섞여 도심은 복잡해지며 아연 활기를 띤다. 달링 하버 일대는 늘 여러 인종들로 차고 넘친다. 아시아계 사람들이 많다. 한국인이나 일본인도 있지만 가장 많은 것은 중국인이다. 대륙에서 나온 수백만 명의 중국인들은 시드니만이 아니라 뉴욕, 파리, 런던, 프라하, 아테네, 이스탄불, 도쿄, 서울 등등을 휘젓고 다닌다. 중국인들은 시드니 타워에도, 왕립식물원에도, 하이드 파크에도, 국립박물관에도, 세인트마리 성당에도, 스타 시티 카지노에도 바글거린다.

갑자기 소란스러워진 도시 경관 속을 걸으면서 나는 소리와 촉감과 냄새라는 매개로 시드니를 오감으로 받아들인다. 그 행위는 몸과 자아의 확장이고, 세상에 편재된 기쁨과 포만감을 몸의 그것으로 되돌리는 일이다. 신발끈을 단단히 조여매고 태평양을 끼고 펼쳐진 시드니 거리를 걸어보는 것, 그것이 시드니에서 할 수 있는 가장 짜릿하고 흥미로운 모험이다. 시드니 도심을 걷는 자들이 곧 시드니의 주인이다. "내가 걸을 때마다, 세계가 내게로 들어오는 것이다."• 너무 오래 걸어서 지친다면 카페나 바,

• 크리스토프 라무르, 『걷기의 철학』, 고아침 옮김, 개마고원, 2007, 15쪽.

혹은 레스토랑에서 잠시 쉬거나 아예 숙소에 들어가 한잠 잘 수도 있다. 시드니를 즐기려면 오페라 하우스에서 오페라를 관람하거나, 본다이비치에서 파도타기를 해보거나, 생선 요리 레스토랑에서 화사한 저녁식사를 할 수도 있다.

ㅇ저 밤 속으로 순순히 가지 말라!

시드니 도심 한가운데 섬처럼 떠 있는 왕립식물원을 찾은 것은 늦은 오후다. 해가 정점에서 내려와 하강하는 시각, 누리에 차고 넘치던 자연광들이 엷어지고 있다. 하오의 엷어진 빛에서 나는 늙어간다는 점을 문득 깨닫는다. 처음 늙는다는 생각에 잠겼을 때가 떠오른다. 그런 생각들은 느닷없이 덮친다. 딜란 토마스는 어느 시에선가 "저 밤 속으로 순순히 가지 말라!/분노하고 또 분노하라, 빛이 사라지는 것을"이라고 노래했지. 하오의 빛 속에 서서, 인생도 저물고 빛은 사라지겠지, 하니 씁쓸하다. 어느 순간 밤이 그마저 삼켜버리고 말겠지, 하니 모골이 송연해진다. 나이가 들수록 흐르는 시간의 속도는 빨라진다. 노모와 함께 살면서, 나는 늙음이 벌은 아니지만, 잦은 병과 신체의 쇠락으로 말미암아 그것이 구속이고 고통임을 알았다. 늙고 죽는 삶의 미천하고 비루함이여!

어느 주기에서 관조하느냐에 따라 시간의 속도는 들쭉날쭉 달라진다. 왜 그럴까? 시간의 흐름이 일정하지 않기 때문이다. 심리적 시간은 상대적이다. "한 기간의 처음에는 시간이 천천히 가는 것 같아도 끝에 가면 빨라진다. 우리는 지나간 시간보다는 남은 시간의 관점에서 전체 기간을 파악하는 경향이 있으므로, 그 기간의 끝 무렵에는 남은 시간에 비해 순간들의 비율이 시작 무렵의 그 비율보다 훨씬 커지기 때문이다."• 사람 내면 어딘가에는 '생체 시계'가 있다. 내면에 있는 이 생체 시계가 똑딱거리며 돌아간다. 우리는 똑같은 시간을 부여받지만 시간 감각은 사람마다 다르다. 특히 나이에 따라 생체 시계의 속도가 달라지는데, 어린애의 시간은 느리고, 나이가 많아지면 시간은 더 빨리 흐른다. 6세 아이의 하루는 인생 주기의 기준에서 2,190분의 1에 해당한다. 하지만 60세 어른의 하루는 21,900분의 1이다. 어린애의 하루는 생애에서 차지하는 비중이 크고, 어른은 오랜 세월을 살아왔으니까 하루의 비중은 미미한 것으로 축소된다. 그러니 시간 감각이 다를 수밖에 없다. 죽음에 가까워질수록 시간은 빨라지며 가속도가 붙는다. 죽음은 한 사람에게 주어진 시간의 끝이다. 죽음으로 이어지는 시간의 순차적 진행에 분노하고 또 분노하라고? 이 분노 역시 인생이 이면에 감춘 덧없음에 대한 일종의 무의식적 회피 전략이 아닐까?

도심 한가운데 이토록 큰 식물원이라니! 등짝에 따사로운 햇볕을 느끼며 식물원으로 들어선다. 해는 공중에 떠 있지만 곧 기울기 시작한다. 시드니 시민들은 왕립식물원을 보타닉 가든Royal Botanic Garden이라고 부른다. 1816년에 설립되었으니, 왕립식물원의 역사는 무려 2백 년이다. 2백

• 로버트 그루딘, 같은 책, 16쪽.

년 동안 희귀한 수목과 화초들이 즐비한 이 식물원이 어떤 풍파를 겪었는지 알 수는 없다. 왕립식물원은 30만 입방미터 넓이의 원내에 열대식물관, 희귀 소나무관, 희귀 식물관, 선인장 정원, 장미 정원, 허브 정원, 야자수숲 등 10개의 테마 정원으로 꾸며져 있다. 녹음방초 우거진 자연에 견주자면 식물원이란 잘 가꾼 인공 정원에 지나지 않는다. 우리는 희귀 식물종의 생태 따위를 집요하게 들여다보고 탐구하기보다는 산만하게 해찰하는 산책자의 눈으로 여기저기를 둘러본다. 꽃들과 나무들과 숲 사이로 분수대, 온실들, 카페, 벤치들, 다리, 수로들이 있고, 넓은 잔디밭들이 펼쳐져 있다. 잔디밭에는 어린애와 함께 나들이 나온 가족들이나 연인들이 한가롭게 쉬고 있는 모습이 자주 눈에 띈다.

이국 식물의 생태와 식생은 그 다양한 형태와 색깔로 눈길을 잡아끄는 바가 있지만 진기하고 낯선 것을 향한 호기심 이상은 아니다. 크고 작게 구획된 땅마다 다양한 종의 식물들이 생태를 뽐내고, 더러는 화려한 색조의 꽃들을 피우고 있어 눈요깃거리로 부족함이 없다. 그 구획들 사이로 길들이 오밀조밀 뻗어 있다. 인공 수로를 따라가면 연못이 나온다. 나무와 나무들 사이로 종을 가늠할 수 없는 낯선 새들이 오간다. 호주의 새들은 지저귀는 소리의 음역대도 다르다. 대륙의 새들이 높고 날카롭게 우는 소리가 귀청을 긁어내린다. 땅덩이가 넓어서 새들도 제 소리를 키운 것일까?

서두르지 않고 느린 걸음으로 걷는데, 벌써 거목들의 그림자가 풀밭에 길게 드리워진다. 긴 그림자들로 양감이 풍부해진 왕립식물원 끝자락을 돌아나오는데, 잔디밭에 히잡을 쓴 여인들 십여 명이 일렬로 서 있는 광경이 눈에 들어온다. 젊고 늙은 여인들이 섞인 그들은 말레이시아나 인도네시아 같은 동남아시아 쪽에서 온 무슬림들로 보인다. 히잡을 쓴 여인들이 뭘 하고 있는가를 호기심에 찬 눈으로 보았더니, 알라를 위해 기도를 하는 중이다. 무슬림에게는 기도가 일상의 일이겠으나 무슬림이 드문 극동아시아에서 온 남자의 눈에는 매우 이색적인 광경이다.

두번째 왕립식물원을 찾았을 때 우리는 걷기를 포기하고 트램을 타고 식물원 구석구석을 돌아보기로 했다. 도심을 많이 걸었던 터라 지쳤기 때문이다. 트램을 타려고 티켓을 끊는데, 한 사람당 10불이다. 한자리에 둘이 앉으니, 자리가 꽉 찬다. 젊고 아리따운 여자가 트램을 운전하면서 문화 해설자같이 식물원에 대해 설명을 한다. 스피커를 통해 들려오는 애교가 섞인 목소리에 집중하지만 거의 알아들을 수 없다. 내 영어 청취력의 한계 때문이다. 왕립식물원의 숲 뒤로 시드니 도심의 고층 빌딩들이 우뚝 서 있고, 아래쪽으로 눈길을 돌려보면, 숲 사이로 저녁노을에 잠긴 오페라 하우스와 하버 브리지가 시야에 들어온다. 트램으로 식물원 전체를 도는 데 30분쯤 소요된다. 우리가 트램에서 내릴 때는 해가 기운 뒤다. 옷깃을 흔드는 바람 끝이 매워진다. 바다 쪽으로 가까워질수록 바람이 더 거세고 차갑게 느껴진다. 식물원을 가로질러 팜 코브Palm Cove 바닷길을 따라 끝까지 가면 바다 전경이 한눈에 들어오는 미세스 매쿼리스 포인트Mrs. Macquari's Point에 이른다. 돌연 시야가 터지면서 바다가 망막을 직격直擊한다. 이른 봄날의 저녁 어둠은 생각보다 빠르게 다가온다. 푸른 저녁 이내 속에서 검푸른 바다가 일렁인다.

왕립식물원, 도메인, 뉴사우스 웨일즈 주립 미술관, 세인트 마리 성당, 호주 국립박물관, 하이드 파크, 주 의사당, 주립 도서관, 시드니 타워, 타운 홀을 거치는 코스를 걸었다. 이 코스는 시드니 중심을 관통하며 요처들을 두루 넓게 훑어볼 수 있다. 일정에 쫓기지 않더라도 관광객들은 여러 장소를 두루 넓게 훑어보는 방식을 선호한다. 장소의 속살을 엿보기보다는 일별하며 스쳐가는 것으로 만족한다. 관광객들은 미술관, 박물관, 도서관 들을 좋아하지 않는다. 그 장소들 대신에 시드니 타워로 올라가고 싶어할 것이다. 시드니 타워에서는 도심에 솟은 현대적 건물들과 항만, 먼 바다를 조망할 수 있다. 나는 시드니 타워에서 아이맥스 영화를 보았다. 갈매기들이 화면 바깥으로 나와 극장의 허공 속에서 날갯짓을 하고, 파도의 물보라가 화면 바깥으로 튀어오른다. 홀로그램의 효과 때문이겠지만 그 실감이 신기하고 생동했다. 부감俯瞰의 효과로 풍경을 조망할 때 시각적 쾌락은 강렬하다. 하지만 그 여운은 짧게 사라진다. 도시 조망은 자명한 도시 형태에 대한 주마간산 격의 관람만을 허락할 뿐이다. 그게 허망한 일인 것은 거기에는 상상적인 것을 덧붙일 만한 매력이나 유혹이 생기지 않는 까닭이다.

시드니 도심에는 왕립식물원이나 하이드 파크 말고도 도메인이나 도즈 포인트 공원 등등 크고 작은 공원들이 많다. 공원에 깃든 고요함, 공원의 초목들, 공원에서 쬐는 햇볕, 공원에서의 한가로움이 좋다. 나는 바르셀

로나의 구엘 공원을 아직까지 가보지 못했다. 언젠가 1900년부터 1914년까지 건축가 가우디가 설계하고 만든 이 구엘 공원엘 꼭 가보고 싶다. "구엘 공원은 아름다움과 영원과 신비는 물론이고 세상의 혼란과 무질서까지 응시할 수 있는 꿈의 공간을 만드는 것이 국가를 위한 자신의 임무라고 여긴 한 위대한 예술가에게 바치는 헌사다."• 공원은 암울한 도심의 오아시스이고, 팍팍한 인생을 달콤한 환희로 물들이고 추억의 지복을 누리게 하는 공간이다. "현세의 삶과 내세의 삶, 풀과 바위, 움직임과 정적. 그리고 영원한 지형."•• 이 '초록 허파'는 도시를 숨쉬게 한다. 도심에 자리잡은 공원들은 도시를 영롱하게 밝힌다.

집 근처인 연남동에 경의선숲길공원이 생겼을 때도 그 일대가 영롱하게 밝아진 것 같았다. 물길을 새로 내고, 잔디밭을 깔고, 다양한 나무들을 식재해놓고 나니, 흙먼지나 날리던 철로변이 단박에 푸르게 바뀌었다. 사람들이 몰리고, 숲과 물길을 좇아 새들이 몰려든다. 수목들 사이를 뚫고 떨어지는 늦여름의 햇빛조차 영롱하다. P와 나는 햇빛 문양이 바닥에 새겨지는 이 숲길을 자주 걷는다. 산책로에는 벤치가 있어 거기 쉬는 노부부도 있고, 잔디밭에 삼삼오오 둘러앉아 수다를 떠는 여자들도 있다. 도심 안 공원들은 우거진 초목들로 인해 사막 속의 녹색지대로 변하고, 허파와 같이 공원 주변의 공기를 정화한다.

•존 밴빌, 『도시의 공원』, 케이티 머론 엮음, 오현아 옮김, 마음산책, 2015, 279쪽.
••아다프 수에이프, 케이트 머론 엮음, 같은 책, 37쪽.

경의선숲길공원이 연남동 일대에 크고 작은 변화들을 불러온다. 인접한 건물마다 모던한 실내장식을 한 작은 카페들이 주르륵 들어선다. 공원은 도시에 자연을 들이고 가꾸려는 인간의 욕망에 부합한다. "도시란 자연을 도려내는 장소인 동시에, 뒤늦게야 자연을 애도하는 장소이기도 하다."• 도시인들은 고인이 된 부모가 그리워질 때마다 납골당을 찾아 제 부모를 추모하듯 자연이 그리울 때마다 공원을 찾는다. 공원을 거닐며 도시가 도려낸 자연을 애도하고 그리움을 달랜다. 공원을 조성하는 것, 그 행위, 즉 초목을 심고 가꾸는 일이야말로 자연의 우아함과 아름다움을 만끽하려는 심미적 이성에 부합한다. 공원 조경가가 하는 일은 무엇인가? 그들의 일이란 자연을 도심 속으로 옮기고, "자연을 달래고 개화하는 것"•• 이다. 공원을 거닐며 사색하는 일은 기분을 화사하게 바꾼다. 나는 공원의 초목들과 그 초목들 사이를 돌아나오는 바람, 해의 고도에 따라 시시각각 변화무쌍하게 바뀌는 빛과 그림자를 좋아한다.

• 앨러스테어 보네트, 『장소의 재발견』, 박중서 옮김, 책읽는수요일, 2015, 61쪽
•• 존 밴빌, 같은 책, 186쪽.

ㅇ걷는 인간의 탄생

종일 달링 하버를 걷는다. 너비가 넓고 긴 다리 양쪽으로 바다가 푸른 책처럼 펼쳐진다. 물의 책. 다리 난간에서 바다를 내려다보는 자들은 물의 책을 읽는다. 선착장에는 페리와 요트들이 정박해 있고, 다리 난간에 꽂힌 깃발들이 바람에 나부낀다. 깃발들은 맹렬하게 나부끼며 저의 맹렬함을 본받으라고 말하는 듯하다.

정오가 넘자 햇살은 따가워진다. 바람이 쾌적해서 걷기에 나쁘지는 않다. 다리를 건너자 풍경이 달라진다. 우리는 해양박물관은 들르지 않고 스쳐 지나쳐왔다. 다리 끝에는 아이스크림을 파는 작은 가게가 있다. 이 가게에서 내놓은 탁자 앞에 앉아 쉬면서 아이스크림을 먹는다. 편의점에 들러 생수를 사고, 다리의 왼쪽 계단으로 내려서서 중국정원을 향한다. 우리는 명나라 시절의 전통 정원 양식에 따라 복원했다는 중국정원을 보려고 한다. 중국정원이라는 명칭이 불러일으킨 호기심 때문이다.

중국정원을 둘러보고 차이나타운을 걷자. 그게 오후의 계획이다. 바다는 잔잔하고, 공중에는 갈매기들이 떠 있다. 사람들이 심심풀이로 던져주는 빵 부스러기에 갈매기떼가 삽시간에 몰려든다. 갈매기들은 먹이 경쟁을 벌이다가 흩어지기를 되풀이한다. 쉽게 먹이를 구하는 방법을 체득한 갈매기들은 더이상 수고스럽게 먹이 채집 활동을 하지 않는다. 우리는 선착장 주변에 늘어선 레스토랑과 카페와 바 들을 스쳐 지나간다.

달링 하버 일대는 늘 관광객들로 넘친다. 중국에서, 일본에서, 인도에서, 한국에서, 미국에서, 러시아에서, 유럽에서 온 관광객들은 어디에나 넘친다. 관광객이란 시간이란 포악한 전제군주가 한눈을 파는 틈에 홍청거리며 시간을 낭비하는 사람들이다. 선착장에서 중국정원 쪽으로 가는 길목으로 접어들자 브라질 축제가 한창이다. 천막들이 일렬로 늘어서 있고, 이국의 낯선 음식 냄새가 진동한다. 축제 현장은 대만 야시장같이 인파로 북적댄다. 이 군중은 다 브라질 사람들인가? 확성 장치로 증폭되는 음향이 지축을 흔들 만큼 쿵쿵댄다. 우리는 그 북적임을 뚫고 상가와 공원과 놀이시설 사이의 길을 따라 올라간다.

중국정원에 도착하고 나서 P와 나는 실망을 했는데, 우선 규모가 너무 작다. 중국식 전통가옥 몇 채와 연못과 초목들이 늘어서 있을 뿐이다. 중국은 고대 왕조인 하夏·은殷·주周 시대부터 축성법을 발전시키고, 수많은 도성과 궁궐을 지었다. 고대 왕조 시대부터 건축 기술로 중국 문명의 위대함을 떨쳤던 나라다. 중국은 노자와 장자와 공자의 나라가 아닌가! 중국정원은 보잘것없고 추레하다. 낡아서 추레한 것이 아니라 애초부터 조잡했다. 기단을 높이 쌓고 그 위에 주춧돌을 올린 뒤 기둥을 세운 건축 구조는 중국 전통 양식을 보여주지만, 기와를 얹은 건물들은 볼품이 없다. 추녀에 걸린 붉은 등조차 남루하다. 연못물은 녹조로 검푸르고 탁하다. 중국정원에서 실망감을 안고 돌아서서 차이나타운 쪽으로 발걸음을 옮긴다.

달링 하버 일대를 걷는 내내 걷기에 대해 생각한다. 걷는 자들은 숲길이건 들길이건 해변을 끼고 있는 길이건 시내 한복판 길이건 상관없이 걸음을 뗄 때마다 그 길에서 자신이 몸으로 존재함, 즉 존재의 느낌을 돌려받는다. 걷기는 몸의 잠든 감각들을 일깨운다. 걸을 때 오감 속에서 느낌들이 풍부해지는 것은 그 때문이다. 걷기에 주어지는 보상은 몸을 쓰고 있다는 자각과 더불어 방향 정위에 대한 감각이다. 이것은 활력을 주는 해방과 자유의 느린 몸짓이며, 세상과 소통하는 한 방식이다. 걸으면 기분이 좋아지며 영문 모를 기쁨이 가득 차오른다. 두말할 것 없이 느릿느릿 걷는 일은 속도와 효율성을 섬기는 현대성에 맞서는 저항이다. 느릿느릿한 행위 속에서 덩달아 시간도 늘어지면서 밀려난다. 이 느림은 심장 박동과 들숨과 날숨의 리듬에 최적화된 속도일 테다. 느림은 사람들이 눈이 시뻘개져서 매달리는 수익의 창출이나 효율성의 극대화, 그리고 현대적 삶의 필요들에 대한 무관심과 그것을 방기하는 행위에 속한다.

걷기의 철학을 얘기하면서 니체를 빠뜨릴 수는 없다. 기존 철학의 우상들을 해머로 부수고, 새로운 철학을 세우고자 했던 과격한 니체씨! 온몸에 갖가지 질병을 달고 살면서도 걷기를 즐긴 건각健脚의 철학자 니체씨! 그의 철학 인생이 정점이던 1879년 여름, 그는 하루에 여덟 시간씩 걷고 또 걸었다. 그는 겨울이 닥치면 날씨가 온화한 유럽의 남부 도시들, 제노바와 니스로 떠나 그곳에서 시간을 보낸다. 이 도시들에 머물며 아침에 평균 한 시간을 걷고, 다시 오후에 세 시간씩을 걸었다. 엥가딘의 고산들과 질스마리아를 날마다 걸으면서 니체는 '길 자체가 사색을 열어주는' 체험을 한다. 걷기가 영감을 주고, 내면에 감정의 강렬함이 차오르도록 이끈다는 사실을 깨닫고, 니체는 더욱 걷기에 매달린다.

견유주의 철학자들의 시대에서 현대에 이르기까지 철학자들은 항상 위대한 건각이었다. 니체는 철학사에 출현한 또다른 걸출한 건각이다. 이 건각은 기대를 저버리지 않고 이렇게 고백한다. "우리는 책 사이에서만, 책을 읽어야만 비로소 사상으로 나아가는 그런 존재가 아니다. 야외에서, 특히 길 자체가 사색을 열어주는 고독한 산이나 바닷가에서 생각하고, 걷고, 뛰어오르고, 산을 오르고, 춤추는 것이 우리의 습관이다."• 니체는 날마다 걸으면서 상상하고 발견하고 경이로 전율하면서 사유를 확장해나간다. 그는 철학사에서 빛나는 누구보다도 걷기에 열광했던 건각으로 기억되어야만 한다.

• 니체, 『즐거운 학문』(여기서는 프레데리크 그로, 앞의 책, 32~33쪽에서 재인용.)

1879년 9월에 쓴 한 편지에서 자기 책들이 걸으면서 떠오른 것들을 노트에 연필로 적은 것이라고 고백한다. 그는 서재와 도서관의 온갖 서책들에 둘러싸여 쓴 책들과 그곳에서 배태된 사상들을 믿지 않았다. 그런 책들을 귀신같이 알아챈다고 말한다. "오, 한 인간이 어떻게 그 사상에 도달했는가를, 그가 잉크병을 앞에 두고 뱃살을 접은 채, 종이 위로 몸을 구부리고 앉아서 그 사상에 도달했는지의 여부를 우리는 얼마나 빨리 알아채는가! 오, 우리는 얼마나 빨리 이런 책을 읽어치우는가! 내기를 해도 좋다. 눌린 창자가 스스로를 폭로하며, 또한 서재의 공기와 천장, 좁은 서재가 스스로 폭로한다."• 니체는 도서관이나 서재와 같이 환기가 안 되는 공간에서 쓴 책들을 의자에 엉덩이를 고착시킨 채 잉크병을 앞에 두고 뱃살을 접은 상태로 써내려간 것이라고 풍자한다. 눌린 창자가 스스로를 폭로하는 책! 그런 책들은 피상적이고 명석하지 않고 둔중해서 머리를 무겁게 할 뿐 잘 읽히지 않는다. "인용문으로 포식하고 주석을 과식해서 몸이 무거운 것이다. 그래서 무겁고 뚱뚱하며, 느리게 권태롭게 힘들게 읽힌다."•• 니체는 제 책들에서 자연의 청량한 공기, 고산의 찬바람, 늘 햇빛을 받으며 반짝이는 바다, 소나무의 짙은 향기가 진동하기를 바랐다. 그는 틈이 날 때마다 바깥으로 뛰쳐나가 걸었다. 걷기는 곧 사유의 시작이고 도약대였다. 그랬기에 그는 차가운 바람을 온몸으로 맞으며 걷고 걸었다. 평지보다는 산길을, 높이 솟구치는 느낌을 주는 산꼭대기의 가파른 산길들을 선호했다.

• 니체, 『즐거운 학문』(여기서는 프레데리크 그로, 같은 책, 34~35쪽에서 재인용).
•• 프레데리크 그로, 같은 책, 35쪽.

단단한 대지를 밟으며 나아갈 때 발은 대지가 펼쳐주는 책들을 읽고, 거기서 울려나오는 목소리에 귀를 기울인다. 걷는 자는 세계를 향해 제 온몸을 열어젖혀 존재 바깥의 풍경을, 소리와 냄새와 촉감과 색채로 뭉뚱그려진 덩어리를 고스란히 받아들인다. 걷기는 감각을 통한 전진인 것을! 보라, 왼발과 오른발을 번갈아가며 내딛고 가슴을 펴고 나아갈 때 존재 내부에서 어떤 일이 벌어지는가를. 오감 속에서 풍경은 감각적으로 명증해지고, 내면에서는 풍경이 연주하는 교향악이 울려퍼진다. 니체는 이미 『차라투스트라는 이렇게 말했다』의 「춤에 부친 또다른 노래」에서 "나의 발꿈치는 일어서고, 나의 발가락들은 네 의중을 헤아리기 위해 귀를 기울였지. 춤추는 자는 귀를 발가락에 달고 있는 법이니!"라고 썼다. 걷고, 달리고, 춤추려는 자들은 먼저 일어나야 한다. 나태와 인습적 편안함과 권태를 떨치고 일어나지 않는다면 전진할 수 없다. 일어나라, 그리고 걸어라! 마치 발뒤꿈치에 날개가 달린 듯 공중으로 들어올려져 사뿐사뿐 땅을 디딘다. 그들의 보행은 공기들의 가볍고 황홀한 춤이다!

한강은 하류로 나가며 김포와 강화의 땅으로 이어진다. 이들 서쪽 지역은 일몰 때의 해를 마지막으로 안는다. 한강은 하류에 와서 크게 넓어지고 물은 서해로 빠져나간다. 나는 서쪽 지역에 살며 산책자라는 정체성을 보람과 명예로 받아들이곤 했다. 걷기는 여기에서 저기로 이동하는 가장 쉬운 수단이자, 세계와 몸을 포개 하나가 되는 유력한 방식이다. 걷기는 몸의 수고를 요구하고, 몸을 고되게 부리는 수고스런 일이지만 보상이 따른다. 관능의 황홀경이 그것이다. 산책은 내 취향이고 남들이 알지 못하게 터져나오는 은밀한 기쁨이다. 나는 보폭과 리듬에 실존의 전 하중을 싣고 걸으면서 스스로를 산책자·소요자·만보객·도보여행자·순례자로 귀속시킨다. 나는 자유인이고 직립보행을 하는 인류의 일원이다. 이것의 숭고함과 명예는 오직 육체를 직접적으로 가동하는 것에서 나온다. 걸어라, 부지런히! 그것으로 말미암아 당신 스스로가 명예로워질 것이니!

나는 날마다 발바닥이 열감으로 더워지고 발목이 시큰거리도록 걷는다. 이 걷기엔 어떤 도착점도 없다. 여기를 저기로 잇는 길들은 경유지이며, 경유지를 거쳐 출발점으로 돌아온다. 산책자는 집에서 나와 집으로 돌아오는 것으로 제 과업을 마친다. 나는 집에서 나와 집에 도착하는 것으로 끝나는 이 자발적 걷기의 궤적을 늘 기꺼워한다. 집을 나와서 방사형으로 뻗어나가는 서교·동교·연남·망원·합정·연희·상수의 대로와 골목들을 걷는데, 이 동선은 더 멀리로는 한강변·양화대교·선유도공원·신촌·대흥으로 이어진다. 걸을 때 나는 항해에 나서는 배의 용골龍骨이 된 듯한 느낌에 빠진다. 불의라고는 눈곱만큼도 없는 용골은 꿋꿋하고 바다는 가까이 왔다가 이윽고 멀어진다. 마치 걷는 자가 부동하고, 길이 앞으로 왔다가 이내 등뒤로 물러서는 것과 같다.

걷기의 즐거움은 느림의 무상성에서 비롯한다. 느림은 현대성을 추동하는 속도와 효율성에 대한 저항이자 사보타주다. 삶에서 문제가 되는 속도는 외부의 속도가 아니라 내부에 스며 존재 일부로 귀속된 것, 말하자면 삶의 축이 되어버린 속도다. 그렇게 속도는 삶의 축이자 그것을 뒤흔

드는 기제가 되어버린다. 한 철학자는 속도에 대해 이렇게 숙고한다. "속도는 순수 대상들의 창조자다. 그것은 그 자체 순수 대상인데, 왜냐하면 그것은 지면과 지형적 준거점을 없애버리고, 시간을 폐기하기 위해 시간의 흐름을 거슬러오르며, 그 자신의 원인보다 더 빨리 움직여 절멸을 위해 그 흐름을 거슬러올라가기 때문이다. 속도는 원인에 대한 결과의 승리며, 깊이로서의 시간에 대한 순간성의 승리고, 욕망의 심오함에 대한 표면과 대상성의 승리다. 속도는 죽음을 품고 있을지 모를 비전祕傳 전수적인 공간을 창조하며, 이 공간에서 유일한 규칙은 흔적들을 지우는 것이다. 기억에 대한 망각의 승리, 교화되지 않는, 건망증적 도취, 사막의 순수 기하학 속에 있는 순수 대상의 피상성과 비가시성, 투명성, 횡단성을 창조한다. 그것은 형태들의 경감에 의한, 일종의 느릿한 자살, 형태들의 사라짐의 유쾌한 형식이다. 속도는 식물성의 것이 아니다. 그것은 광물에, 수정체적 굴절에 더 가깝다. 그것은 이미 파국의 장소, 시간 소진의 장소다."• 속도는 그 자신의 원인보다 더 빠르게 와서 몸을 삼켜버린다. 속도는 몸에 과부하를 일으키고, 몸의 내구성을 망가뜨린다. 죽음은 항상 속도를 타고 온다. 우리는 죽음의 속도에 예속된다. 속도는 기억에 대한 망각의 승리다. 사람들은 보다 풍요한 삶을 살려고 이 속도에 편승하지만 속도가 품은 것은 망각과 피상성이다. 속도에 짓눌린 삶은 망각과 피상성으로 자진自盡하며, 마침내 파국과 소진 속으로 닳아져 사라진다.

• 장 보드리야르, 『아메리카』, 주은우 옮김, 산책자, 2009, 20쪽.

과속에 휩쓸려갈 때 현실의 실감은 얇아지고 가늘어진다. 시간은 늘 부족하고, 열심히 뛰어도 삶의 속도를 따라잡을 길이 없다. 장 보드리야르의 통찰에 따르면 속도는, 형태들의 경감에 의한, 일종의 느릿한 자살이고, 형태들의 사라짐의 유쾌한 형식으로 굳어지는 것이다. 삶의 켜켜에, 즉 심장, 간, 위, 폐, 대장, 소장 들에 이 속도가 만든 폐해와 독성이 들어찬다. 걷기는 이것들을 벗겨내고 속도의 자폐에서 벗어나는 일이다. 꿋꿋하게 걷는 자만이 문명의 예속에서 벗어나 직립인의 자존을 늠름하게 세우는 데 성공한다. 직립인의 숭고함과 명예로움은 이 속도에 저항하고 활력과 생기를 충전하는 걷기, 즉 몸을 오롯하게 내 것으로 쓰고 거두는 데서 비롯한다.

ㅇ종일, 바람

시드니에 도착한 지 보름이 지나갈 무렵 치약은 닳고 칫솔모는 끝이 뭉툭해진다. 양치질을 하려다가 닳은 칫솔모를 한참 바라본다. 만물은 그 시작에서부터 소멸이라는 소실점을 향해 달려간다. 한번 생겨나면 반드시 닳아지고 바스러지며 줄어들고 쪼개져서—먼지는 더이상 쪼개질 수 없는 극한소의 분할이다—사라지는 게 만물의 운명이다. 시간은 돌이킬 수 없이 움직인 자취를 풍경과 사물의 외관, 얼굴과 신체에 남긴다. 시간은 안 보이지만 흔적조차 없는 게 아니다. 개와 고양이들을 사람보다 먼저 죽음에 이르게 하고, 대지와 바위들을 날카롭게 할퀴며, 지붕과 처마를 낡게 한 뒤 대들보를 땅으로 끌어내고 벽을 주저앉히는 것, 이것이 시간이다!

종일, 바람이다. 원시의 숲을 흔들던 바람이 이랬을까. 유칼립투스 나무들의 가장 높은 가지들을 휘어잡고 흔들며 울부짖는 바람, 바람, 바람! 대지를 휩쓸어가는 바람은 블랙홀처럼 나뭇가지와 잎들이 흔들리며 내는 소란을 다 빨아들인다. 바람은 대지가 내쉬는 한숨이다. 대륙이 큰 한숨을 내쉴 때 허공은 포효한다. 종일 바람 소리로 귀가 먹먹하다. 바람은 거칠고, 마음이 떠 있어서 종일 몇 자 끼적이는 일도 못했다.

황혼녘, 대숲의 수런거리는 소리에 귀를 기울이며 혼자 쓸쓸해하던 그 소년이 바로 나인가? 외로움은 곧 사무치는 그리움이다. 가슴이 빠개지는 그리움으로 초등학교 운동장으로 내쳐 달려나가 작은 짐승처럼 별들이 총총한 밤하늘을 머리 위에 이고 혼자 걷던 그 시골 소년이 바로 나인가? 기억의 관용에 기대어 말하자면, 그 소년은 내가 맞다. 나는 어렸을 때 외조모와 함께 살았다. 객지살이의 고달픔이 컸던 젊은 부부는 어린 자식을 끼고 돌볼 수가 없었을 것이다. 어린애는 외조모의 슬하에서 자라나며 그런 젊은 부부의 사정을 다 헤아릴 수가 없었으니, 슬픔이 크고 그 슬픔은 자주 엷은 분노로 바뀌었다. 그 분노를 얇게 펴면 우울이 된다는 사실은 어른이 되어 깨닫는다. 걷기는 어린 시절부터 감정의 격동으로 인한 슬픔들을 견뎌내는 나만의 방식이었다. 걷기는 요동치는 기분과 감정을 차분하게 가라앉히는 효과가 있었으니, 나는 예나 지금이나 마음의 기쁨과 평정은 걷는 자들의 것이라고 믿는다.

작년 초봄 어느 날 자정 무렵, 노모는 용인의 한 요양병원에서 숨을 거두었다. 한 생애를 큰 과오 없이 마치는 한 여자의 임종을, 나는 묵묵하게 지켰다. 여인의 몸에서 나온 딸들이 가슴이 찢기는 듯 몸부림치며 통한의 울음을 쏟아냈다. 나는 울지 않았다. 어차피 생자필멸生者必滅, 회자정리會者定離인 것을. 장례 기간에도 묽은 슬픔에 잠겨 있을 뿐 기어코 울음을 터뜨리지 않았다. 장례가 끝나자, 죽은 자는 죽의 자의 자리로 산 자들은 각자의 생업으로 돌아갔다. 시골집 부엌에 앉아 있는데, 뒤늦게 절망의 안감에 싸인 슬픔이 한꺼번에 밀려들었다. 어머니를 잃은 실감과 노루가 제 숲을 잃은 실감은 다르지 않으리라. 슬픔은 뜻밖의 당혹감이거나 맹렬한 분노거나 깊은 우울로 휘몰아치다가 나를 속수무책으로 삼켜버렸다. 저녁의 엷은 어둠 속에서 나는 혼자 창자 속에서 끓어오르는 울음을 토해냈다.

스무 살 때 징병 신체검사를 받으러 대전에 갔던 기억이 떠오른다. 대전의 한 여관에서 일박을 하면서 신체검사를 받고 돌아오는 일정이었다. 나는 온몸에 열이 펄펄 끓어오르며 아팠고, 음식을 삼킬 수도 없었다. 어머니가 이 신체검사를 받으러 가는 여행에 동행했는데, 돌이켜보니 그땐 어머니도 젊었었다. 어머니는 여관방에서 혼자 남아 종일 아들이 돌아오기를 기다렸을 텐데 그 어머니의 마음을 나는 미처 헤아리지 못했다. 내 불효의 행각은 이웃에 나눠줘도 남을 만큼 많았어도 마음에 꺼려지는 바가 티끌만큼도 없었다.

일찍 어머니의 슬하를 떠나 살았다. 사는 게 팍팍하고 버겁기도 하였거니와 효를 강조하는 유학의 실효성을 의심하는 편이었으니 불효에 대한 자의식은 희미했다. 밥벌이 수단의 정직성에 대한 자긍심이 불효에 대한 자의식을 누르고 지웠을지도 모른다. 노모를 시골집에 모시고 사는 10년 동안도 그랬다. 노모는 평생을 '여호와의 증인'으로 살았다. 그 꿋꿋함은 존경할 만한 것도 그렇다고 경멸을 살 만한 일도 아니었다. 그 일은 노모의 기쁨이고 보람이었으니, 그 여여함을 담담하게 받아들일 따름이었다.

노모는 낯선 집의 대문을 두드리며 '봉사'하러 다니셨다. 집에서 쉴 때 노모는 견과류들로 강정을 만들거나 식혜를 만들어 냉장고에 넣어두었다. 텃밭을 일궈 채소를 기르고, 가을에는 누런 호박들을 수확했다. 노모는 손맛이 좋아서 웬만한 음식을 주물럭주물럭해놓아도 먹을 만했다. 나는 노모의 음식 중에서 애호박을 썰고 새우젓을 한 숟가락 넣어 자박하게 끓여내는 호박젓국을 좋아했다. 노모는 동지 무렵 붉은 팥을 사서 팥죽을 쑤고, 이웃 농가에서 사들인 배추 100포기를 천일염에 절여 김장을 담갔다.

"돌아가시면, 화장火葬해요?"
"그럼, 화장해야지."

저녁밥 먹고 난 뒤 적적함 속에서 하릴없이 늙어 쓸쓸한 모자가 이런 말들을 심상하게 나눴다. 말은 심상했으나 그 말이 시작하는 안쪽은 서늘했다. 그 말을 뱉어내는 가슴 한쪽이 얼음 박힌 듯 시렸다. 나는 데면데면하고, 노모는 나이들어서 혼자 사는 아들에 대한 근심과 걱정으로 늘 애절해서 목이 메었다. 나는 노모의 목 메이는 사정을 외면한 채 서재에 틀어박혀 노모가 읽어도 무슨 얘긴지 알 수 없는 모호한 책들을 썼다. 노모가 언문을 익혔다 해도 그 책들은 절벽이나 다름없었다. 노모는 제 몸에서 나온 아들과 소통하기를 갈망했으나 그것은 애초에 불가능했다. 노모는 자식의 무정함에 애써 담담하게 대했는데, 잘하는 짓이라곤 하염없이 걷는 일밖에 없는 나이든 아들을 그런 방식으로 용서했다. 노모는 늙어가며 여기저기 아픈 데가 많아졌다. 늙음이 병을 부른다는 사실을 모르지 않았으나 노모가 아프다고 하면 짜증을 냈다. 저 까마득히 먼 시절 어린 아들을 유기했던 것에서 비롯한 분노가 내 무의식에 옅게 남아 있었나보다. 나는 무의식의 바닥에 착근되어 있는 그 상처의 끈질김에 놀라고 황망해질 때마다 무작정 집을 나와 먼 거리를 걸어 삼림욕장까지 갔다가 돌아오기를 반복했다.

산책자도 소요자도 다 걷는 자들을 지칭하지만 둘 사이에는 차이가 있다. 산책자는 생각을 굴리고 뒤집으며 숙성시킨다. 소요자는 걸으면서 생각에 골똘해지는 바는 산책자와 같지만, 그 틀을 뒤집고 비판적으로 성찰할 때 소요자와 산책자는 갈라진다. “소요자는 고독과 속도, 투기욕, 소비를 전복시킨다.”• 소요자는 전복자다. 그 내면에 전복의 힘을 숨기고 있다가 풍경을, 시간을, 풍속을 뒤집는다. 소요자는 당위에 미달한 채 뻔뻔스럽게 드러나는 현실의 자명함들, 그 핵심적 가치들, 즉 가짜 질서와 가짜 평화의 파괴자들이다. 소요자와 군중은 걷는 점에서는 같지만 본질에서 다르다. 군중은 일직선적으로 움직이며 큰 힘에 순응하지만 소요자는 곡선으로 에두르고 저항한다. 소요자가 걷기의 개별성 안에서 자기를 실현한다면 군중은 익명성 안에 웅크리는 것을 좋아한다. 소요자는 흐름에서 자신을 분리해내고, 흐름에 맞서 해체하려고 애쓰지만, 군중은 흐름에 녹아들어가 더 큰 흐름에 편승한다. 군중은 개별자로 나서서 흐름을 거스르지 않는다는 맥락에서 개체 단위로 쪼개고 나눌 수 없는 강물이고 불길

• 프레데리크 그로, 같은 책, 254쪽.

이다.

나는 바람을 뚫고 나아간다. 그 진행은 시간의 선조성을 횡단하는 일이고, 바람이 흔드는 풍경을 뚫고 나아가는 것이다. 풍경은 외관이었다가 결국 걷는 자의 내면으로 조건 없이 투항한다. 걷는 자는 풍경 속을 걷는 게 아니라 그가 곧 풍경이다. "끝없이 걸으라. 아주 오랫동안 높은 산을 오를 때는 산의 높은 곳을 피부의 모공으로 통과시키고, 야산을 오래 걸어 내려갈 때는 그것의 형태를 몇 시간 동안 들이마시라. 몸은 그것을 밟고 지나가는 흙으로 빚어진다. 그는 더이상 풍경 속에 존재하지 않는다. 그가 곧 풍경인 것이다."• 걸으면서 풍경을 들이마시라. 그러면 풍경과 몸이 포개져서 하나가 됨을 알게 되리니! 산을 오를 때는 산이 되고, 바닷가를 걸을 때는 바다가 되어라.

산책자 중에 간혹 훌륭한 이들이 나타난다. 언감생심, 나는 오염 물질이나 찔끔거리고 비속했으니 그런 야망은 눈곱만큼도 갖지 않았다. 부처, 예수, 소크라테스, 플라톤, 디오게네스, 사도 바울, 루소, 칸트, 니체, 소로, 랭보, 보들레르 등이 걸었다. 그들은 걸어서 훌륭해진 게 아니라 이미 자기 안에 숭고함을 품고 끝없이 걸었기에 훌륭해졌다. 걷고 걸어서 그 수고를 도약대 삼아 더 높은 어딘가에 가닿은 사람들! 걷기의 수단은 다 같으나 최종 목적지는 해탈, 구원, 궁극의 지식, 삶의 소슬한 경지와 같이 갈

• 프레데리크 그로, 같은 책, 130쪽.

라진다. 걸은 건 그들만이 아니다. 혜초는 인도를 거쳐 카슈미르 너머 중앙아시아 일대까지 이어지는 먼 길을 걷고, 연암 박지원은 압록강을 건너 열하까지 걷고, 근대가 빚은 기묘한 모던보이들인 이상과 구보 박태원은 경성 구석구석을 휘저으며 걷고, 파리에 매혹된 발터 벤야민이 그랬듯이 사회학자 정수복도 파리를 걷고, 비평가 이광호는 장소와 시간이 만나 빚은 혼종성을 제 신체의 표면에 새기면서 용산과 이태원 일대를 걷고, 소설가 강석경은 아예 경주에 눌러살면서 사계절 내내 신라의 왕릉들 사이를 걸었다.

시드니에 와서 나는 날마다 걷고, 걷고, 또 걸었는데, 내가 걸으면 안에서 누군가는 멈춰 선다. 내가 멈춰 서면 안에서 누군가는 걷기 시작한다. 그 누군가는 누구인가. 그것은 아마도 '나'라고 부르는 존재일 텐데, 나는 그 '나'를 다 알지 못한다. '나'를 구성하는 것이 살과 뼈만은 아닐 것이다. 몸은 분명 살과 뼈로 이루어지지만 오장육부 그 어딘가에 영혼이 있다. 영혼 안에는 한줌의 꿈, 한줌의 연민, 한줌의 외로움, 한줌의 욕망이 있다. 건각의 위용을 뽐내며 시드니 거리들을 걸을 때마다 이 모든 것이 함께 움직인다.

시드니에 와서 많은 거리들을 걸었다고 내 인격이 더 숭고해지거나 견고해졌다는 증거는 없다. 그것은 아리스토텔레스의 『니코마코스의 윤리학』을 읽는다고 해서 더 윤리적인 인간이 되거나 유학자를 양성하는 교육기관이 있는 명륜동明倫洞—실제 나는 이십대 초반 무렵 이 '명륜동'에서 살았다—이라는 장소에 산다고 해서 인류에 대해 더 밝아진다는 보장이 없는 것과 마찬가지다. 또렷해진 것은 내가 걷는 것을 아주 좋아하고, 그것이 내 인격을 더 고결하게 만든다는 확신을 갖고 있다는 점이다.

○ 바람이 불고 수염은 자란다

기어이 살아내야 할 삶을 한쪽으로 밀어놓고 시드니에 온 것은 잘한 선택이다. 우리는 '기어이 살아내야 할 삶'을 제껴놓은 채 심심한 시간 속으로 몸을 들이밀었는데, 자주 밤을 새우고 끙끙대면서 매달려야 할 일과 메마른 의무들에서 놓여나자 한결 홀가분해졌던 것이다. 끼니때마다 재스민 쌀로 지은 밥을 먹고, 남은 시간엔 책을 읽거나 산책을 나간다. 더러는 유칼립투스 숲속에 부는 지축을 울리는 바람 소리에 가슴이 먹먹해지고, 더러는 저녁 무렵 늪지에서 가느다랗게 우는 개구리 울음소리에 감동한다. 저마다 단순하고 정직한 삶들이 거기에 있었다. 그러는 사이 여러 날들이 흘러갔다. 대부분 날들은 맑았고, 몇몇 날들은 바람이 불고 비가 짧게 내리다 그쳤다. 그새 손톱과 발톱이 자라났는데, 미처 그것을 깎을 틈이 없었다. 턱에는 흰 터럭들이 나와서 하얗고 무성했다.

시간이 흐르고 날들은 흘러간다. 시간은 쓰고 부서지며 닳아지는 소비재다. 나만 그렇게 생각한 게 아니다. 『감각의 박물학』으로 나를 매혹시킨 바 있는 다이앤 애커먼은 이렇게 쓴다. "뇌는 시간을 소비하고 절약하고 낭비할 수 있는 소비재로 본다."• 소비재란 절약할 수도 있고 낭비할 수도 있는 것이다. 시간이 모자랄 때는 다른 무엇을 희생해서라도 시간을 벌어야 하지만, 남아돌 때는 유용하거나 보람되지 않은 일을 해서라도 그것을 써야 한다. 주체할 수 없는 잉여의 시간이 권태를 빚어낼 때 심지어는 시간을 애써 죽여야 한다. 이 소비재를 어떤 방식으로 쓰느냐에 따라 삶은 달라진다. 진실을 말하자면 사람이 시간을 부리는 게 아니라 시간이 사람을 데려다 부린다.

굳이 달력을 보지 않아도 시간이 흘렀음을 모를 수가 없다. 한가로움 속에서도 기후는 변화무쌍하게 바뀌었는데, 즉 일조량, 빛의 각도, 구름의 이동 궤적, 공기의 냄새, 만물의 색채가 조금씩 미묘하게 달라지는 것이다. 봄은 지병持病과 같이 깊어간다. 해는 더 오래 떠 있고, 그 빛과 열을 받아내는 공기와 대지는 점점 더 뜨거워진다. 낮이 길어지고, 저녁은 더디 온다. 시드니에 도착했을 때 새벽마다 뼛속까지 파고드는 한기로 몸을 덜덜 떨었다. 서울에서 시드니에로의 장소 이동은 여름에서 겨울로의 계절 이동이라는 걸 실감했다. 이제 새벽에도 춥지 않다. 한낮에는 기온이 올라 더워진 탓에 긴 팔 옷을 벗어버린다.

봄이 무르익어 제 몸을 활짝 열어제낄 때 나뭇가지마다 새잎들은 무성하다. 연초록 잎들은 초록색 우주의 개화를 알리는 지표다. 꽃나무마다

•다이앤 애커먼, 같은 책, 128쪽.

새로 돋은 꽃봉오리들이 활짝활짝 피어난다. 더는 못 견디겠다는 듯 한꺼번에 피어난 꽃들은 공기에 농밀한 꽃향기를 보탠다. 숨쉬는 자들이 날숨에서 이산화탄소를 내뱉고 들숨에서 꽃향기를 들이마실 때 꽃은 오감을 자극한다. 숨쉬는 자와 꽃은 그렇게 한통속이 되는 것인데, 향 봉지가 실수로 터진 듯 공중에 향기가 진동한다. 꽃향기는 살아서 꽃 아래를 지나가는 자의 후각기관에 비벼지면서 생명 약동에 힘을 보태고, 신생의 세상을 생동하는 기쁨으로 채운다.

글레노리 교외 주택에서 글쓰기와 명상으로만 보내던 날들. 그 단조로운 나날들이 지나갈 때 우리는 교외 주택 밖으로 한 걸음도 나가지 않는다. 교외 주택은 은신처, 수도원, 망명지, 공방이라고 불러도 좋다. 우리는 먼 곳에서 이곳으로 숨어든 사람, 수도하는 사람, 뭔가를 만드는 장인匠人으로 살았으니 말이다. 나는 글을 시작하면 입을 굳게 다문 채 침묵한다. 침묵은 통제 능력을 키우고, 분명 글쓰기에 몰입하는 데 도움이 된다. 머리털을 밀어버리고, 수염은 제멋대로 자라도록 방치한다. 생각에 몰입한 채 복도를 유령처럼 오가는 내 모습은 트라피스트회의 침묵하는 평수사와 닮아 있으리라. 신을 흠숭欽崇하는 트라피스트회의 신실한 신자처럼 나는 문학에 한 생을 바치기로 종신서원을 하고, 청빈과 글쓰기를 운명으로 받아들이고 품었다. 계시나 영감을 기다릴 수만은 없었다. 나는 서툴고 허둥대는 초보 노동자같이 날마다 힘들게 조금씩 쉬지 않고 썼다. 나는 많이 쓰는 자가 아니라 날마다 쓰는 자다. 고통스럽게 한 문장을 밀어내고, 그다음 문장을 밀어내려고 고투할 때 글쓰기의 나날은 고투로 얼룩진다. 그렇게 인생의 반이 넘도록 살았으니, 글쓰기는 이미 내 핏속에, 뼛속에 인이 박인 지 오래다.

P는 낯선 곳에서 심리적으로 위축된 상태였는데 대화 상대마저 잃은 채 며칠을 보내는 동안 고립감과 심심함에 몸서리를 쳤다. P의 친구들은 수천 킬로미터 먼 곳에 있었다. 그들이 달려와서 도움의 손길을 베풀 수가 없었다. P는 혼자 말하고 혼자 대답했다. 어느 날 P는 교외 주택 아래층에서 피아노를 두 시간이나 격정적으로 두드렸다. 어린 시절 피아노 교습소를 하던 고모에게서 피아노를 배웠다는 P가 연주한 곡은 공교롭게도 〈고요한 밤 거룩한 밤〉이다. P는 이 곡을 열 번, 스무 번도 넘게 연주했다. 짐작건대 P의 마음은 고요하지도 거룩하지도 않은 듯했다. 어느새 피아노 연주는 그쳐 있었다. 아래층에 내려가보니, P는 붉은 포도주 한 병을 들이켠 뒤 바닥에 널브러져 있었다. 빈병이 바닥에 나뒹굴고, P의 머리맡에는 위 속에 들어갔다가 나온 붉은 포도주가 흥건했다. 마치 두개골이 깨져 피가 흘러나온 듯 보였다. 나는 불에 덴 것처럼 깜짝 놀랐는데, P가 술에 취해 인사불성에 빠진 것임이 금세 드러났다. 나는 실망과 죄책감과 연민이 엉긴 복잡한 마음속에서도 안도했다. P의 머리칼은 포도주에 젖은 상태고, 얼굴에는 마른 눈물자국이 남아 있었다. P를 위층 침실로 옮겨 뉜 뒤, 나는 아래층 바닥을 청소했다.

시드니에서 P와 나는 이방인으로 산다. 우리는 멀리서 왔으니 이방인으로 산다는 게 이상하지 않다. 이방인은 지금-여기로 스미지 않고 그 표면에서 미끄러진다. 그 미끄러짐은 속수무책인 데가 있다. 누가 떠다민 것도 아닌데 마음은 미끄러지면서 무의식 속에서 끊임없이 어디론가 뻗어간다. 그 뻗어감은 향일성 식물같이 한 방향을 가리킨다. 이방인의 마음이 뻗어가는 방향은 제 고향과 조국이 있는 곳이다. 근대와 현대를 겪으며 많은 사람들이 고향을 떠나 낯선 곳을 삶의 터전으로 삼는다. 타향도 정들면 고향이지! 그들은 터무니없는 억측의 말들을 지어내 제 쓰라린 마음을 달랬으나 타향이 고향이 될 수는 없는 노릇이다.

고향 상실자들은 어떤 장소들이 아니라 어린 시절을 잃은 사람들이다. 어린 시절을 망각한 자는 기억이 아니라 존재의 뿌리와 의미라는 섬광을 잃는다. 어린 시절은 내적 운명이고 본질이다. 어린 시절이 아직 도래하지 않은 미래의 날들을 규정한다. 뿌리들이 식물의 종, 그 형태와 색채를 만들 듯이, 우리 삶의 다름도 저 뿌리에서 나온다. 그런데 존재가 뿌리에서 잘려나간다? 그건 비극이다. 사람들은 이 비극 속에서 이방인으로 새롭게 발명된다. 어른이 된 자들은 어디에 살든 자신의 이방인이다. 위대한 프랑스의 시인이 말하기를 이방인은 아버지도, 어머니도, 누이도, 형제도 사랑하지 않는다고 한다. 이방인이 사랑하는 것은 친구, 조국, 미인, 황금도 아니고 뜻밖에도 구름이다. 한데 머물지 않는 구름의 방랑이 이방인의 마음을 사로잡은 것이다. 아무래도 떠도는 구름이 유랑하는 제 삶과 겹쳐지는 까닭이다.

"……그럼 자네는 대관절 무엇을 사랑하는가, 이 별난 이방인아?"

“구름을 사랑하지요…… 흘러가는 구름을…… 저기…… 저…… 신기한 구름을!”•

정오 무렵 김미경씨가 차를 몰고 글레노리에 왔다. 그는 윤희경씨의 올케다. 윤희경씨가 우리가 시드니에 머무는 동안 돌봐주라고 부탁을 한 모양이다. 그는 수시로 전화를 걸어 불편한 점은 없는지, 필요한 게 없는지를 물었다. 그때마다 잘 지낸다고 대답했다. P와 나는 정말로 시드니의 교외 생활에 완벽하게 적응한 터였다. 그의 차를 타고 컴벌랜드 주립공원Comberland State Forest Arboretum의 유칼립투스 숲속으로 가서 한 시간가량을 걸었다. 다시 말하건대, 걷기는 세계를 느끼고 세계를 경험하는 것, “시간과 공간을 새로운 환희로 바꾸어놓는 고즈넉한 방법”, “오직 순간의 떨림 속에만 있는 내면의 광맥에 닿음으로써 잠정적으로 자신의 전 재산을 포기하는 행위”다.•• 걷기는 작별이고, 새로운 무엇이 되고자 하는 의지를 실현한다. 질병과 슬픔을 가진 자들은 걷기를 통해 새로운 생의 지형들을 거머쥐고자 한다. 지금 당장 내가 이겨내야 할 질병이나 슬픔이 있는 것은 아니지만 나는 걷고, 걷고, 걷는다. 작년에도 유칼립투스 숲속을 걷고, 올해 다시 와서 걷는다. 서울 한강변에서 봄 여름 가을 겨울을 걷고, 시드니 교외 주택지에서도 날마다 걷는다. 걸으면 이마에 땀방울이 맺히고, 등짝에 송글송글 맺힌 땀이 흐른다. 땀을 흘리고 나면 기분이 좋아졌다.

•샤를 피에르 보들레르, 『파리의 우울』, 황현산 옮김, 문학동네, 2015, 11쪽.
••다비드 르 브르통, 『걷기 예찬』, 같은 책, 21쪽.

빽빽하게 들어찬 초목들의 가지와 잎들 사이로 햇빛 몇 줄기가 가까스로 뚫고 들어와 지면에 닿는다. 대기는 나무 냄새와 광합성을 하는 나뭇잎들이 뿜어낸 산소로 충만하다. 유칼립투스 숲속을 걸을 때 나는 녹색의 풍경 채집자로 의연하다. 풍경은 시각에 의해 채집되는 사물들이 빚어내는 외관 이상의 무엇이다. 보이는 것들이 풍경의 전부가 아니라 그 일부로만 귀속한다. "풍경은 스크린들의 중첩 또는 각각의 감각이 서로 섞이는 시각적, 음향적, 촉각적, 후각적인 입체적 공간의 중첩이다."• 바람 소리, 새들의 지저귐, 지면을 밟을 때 바스락거리는 발걸음 소리, 나무들이 뿜어내는 방향, 울울창창한 숲속의 엷어진 빛들…… 유칼립투스 숲속을 걸을 때 빛, 소리, 색채, 냄새 들이 오감과 뒤섞이고 비벼지면서 우리는 이 감각의 축제에 참여한다.

김미경씨의 제안으로 태국 식당으로 점심을 먹으러 간다. 걷고 나서 배가 출출해진 것이다. 세 사람이 주문한 음식 세 가지를 놓고 나눠 먹는다. 태국 음식들은 우리 입맛에 잘 맞았다. 즐거운 점심식사 자리를 끝내고 돌아오는 길에 한국 식품점 노스 록 마트North Rocks Asian Grocery엘 들렀다. 낯익은 한국 식음료와 잡화들이 진열된 것을 보니, 왈칵 서울 생각이 밀려든다. 노스 록 마트에서 구입한 것은 빈대떡 두 팩, 다섯 개들이로 포장된 진라면, 종갓집 포기김치, 통단팥죽 두 통, 튀밥 강정 따위다. 서울을 떠나온 지 한 달밖에 되지 않았는데, 몸이 익숙한 것들을 갈망한다. 우리

•다비드 르 브르통, 『느리게 걷는 즐거움』, 같은 책, 99쪽.

는 커피를 마시러 브런치를 파는 '플라워 파워'로 자리를 옮겼다. 커피숍 유리창 너머는 연못이다. 잉어들을 풀어놓은 그곳은 작은 호수라고 하는 게 맞겠다. 커피숍 안쪽으로 넓은 가구 매장이 있고, 문밖 마당은 꽃과 나무들을 파는 화원이다. 우리가 상상하는 작은 꽃집이 아니다. 한 바퀴를 돌아보는 데도 꽤 시간이 걸릴 정도로 넓은 꽃집이다. '플라워 파워'라는 상호를 쓸 만하다. 김미경씨와 헤어지면서 양귀비 꽃모종이 담긴 화분 다섯 개를 사서 선물했다.

가랑비가 내리는 아침 베란다에 서서 수영장을 내려다보는데, 물이 찰랑이는 수영장에 개구리 한 마리가 떠서 움직인다. 개구리는 역시 개구리 영법泳法이군. 옆에 서 있던 P가 내 농담에 웃음을 터뜨린다. 오후 산책길에서는 도마뱀을 보았다. 하천 바닥에 갈색 낙엽들이 쌓여 있고, 도마뱀은 축축한 낙엽 위에서 쉬고 있었다. 걸음을 멈추었더니 도마뱀도 꼼짝하지 않는다. 도마뱀의 눈은 작고 눈꺼풀 아래 까만 눈동자는 미동하지 않는다. 내가 몸을 움직이자 도마뱀이 화들짝 놀라 재빠르게 달아나 숨는다. 도마뱀은 어린 시절을 보낸 시골에서는 흔한 생물이었다. 지금은 거의 사라지고 없다.

저물 무렵 늪에서 개구리가 우는 소리를 들었다. 늪은 비탈길 아래에 있다. 베란다에 서서 개구리 울음소리에 귀를 기울이는데, 한두 마리가 우는 듯했다. 저녁을 먹으면서 울워스에서 사온 호주산 레드와인을 마셨다. 와인에 흠뻑 적셔진 몸과 마음이 혼곤하다. 잠결에 개구리떼에 쫓겨 도마뱀을 타고 달아나는 꿈을 꾼다. 도마뱀이 데려다준 곳은 다름아닌 어린 시절 시골집의 뒤뜰에 있던 석류나무 아래다. 석류나무 가지에 달린 붉은 열매는 알알이 홍옥 같은 속을 쏟아뜨릴 기세인데, 그 크기가 엄청나다. 나는 작아서 어른 엄지손가락 굵기의 도마뱀과 비슷하다. 어느 순간 도마뱀이 사라졌다. 어린 시절의 나는 결코 웃지 않았는데, 꿈속 석류나무 아래에서 어린 나는 자꾸 웃음이 나온다.

ㅇ유칼립투스 숲속에서

우리는 매일 밤 죽는다. 잠은 작은 죽음이다. 날마다 잠에 드는 까닭에 날마다 죽는 것이다. 아침에는 새로운 생명을 얻어 부활한다. 우리는 날마다 삶과 죽음을 번갈아 겪으면서 큰 죽음을 맞는다. 잠이 작은 죽음이라면 큰 죽음은 영원한 망각에 드는 일이다. 작은 죽음들은 큰 죽음을 위해 드는 보험이다. 우리는 잠자면서 망각과 죽음에 드는 연습을 한다. 삶이라는 전투를 끝내고 망각과 안식에 들 때 치명적인 실수를 범하지 않기 위하여! 작은 죽음들을 잘 치르는 사람이 큰 죽음도 잘 맞을 것이다.

나는 날마다 새벽 3시쯤 부활한다. 새로운 생의 첫 아침을 원고 쓰는 일로 연다. 하루치의 원고는 오전에 다 끝난다. 점심식사 뒤 쉬었다가 컴벌랜드 주립공원의 유칼립투스 숲속으로 나가 산책을 한다. 처음 유칼립투스 숲속을 찾았을 때 하늘을 향해 수직으로 뻗은 유칼립투스 나무들에 압도되었다. 유칼립투스 나무들은 지름이 몇 아름이나 되고, 키가 수십 미터에 이른다. 유칼립투스 나무 속으로 분류되는 이 나무는 호주와 뉴질랜드, 태즈매니아가 원산지다. 이 수종樹種으로 분류되는 나무들은 무려 6백여 종이고, 녹음수나 조림수로 널리 재배된다. 이 나무를 검 트리gum tree 라고도 부른다. 컴벌랜드 주립공원은 주정부가 관리하는 곳이다. 유칼립투스 나무들이 밀집한 곳은 햇빛이 미치지 않아 한낮임에도 불구하고 어둡다.

그늘이 드리워진 숲속 길을 혼자 걸을 때 나는 외롭지 않다. 오히려 심신이 고요해지는데, 자연에 깃든 치유의 힘 때문이다. "지구의 아름다움과 신비 속에 사는 한 과학자건, 평범한 사람이건 외로울 수가 없다…… 철새들의 이동 속에, 밀물과 썰물의 조수 속에, 봄을 기다리는 꽃봉오리 속에 상징적이며 실질적인 아름다움이 녹아 있다. 자연의 반복적인 후렴구—밤이 지나면 새벽이 오고, 겨울이 지나면 봄이 온다는—속에는 끝없는 치유의 힘이 있다."• 숲속에서 새들이 요란스럽게 우는데, 내 귀에는 날카롭게 울부짖는 듯하다. 코카투앵무, 종까치류, 레이포아, 에뮤 따위의 새들이다. 어떤 새의 울음소리는 경박한 웃음소리 같거나 숨이 곧 넘어갈 듯 짧게 끊어지는 비명같이 들린다. 또다른 새는 평화로운 아침을 노래하는 비올라처럼 둥글게 감기는 소리를 내며 운다. 이 새소리들은 불협화음으로 숲에 울려 퍼진다. 나는 울음소리만으로 새들의 종을 분별할 수가 없다. 다만 울울창창한 숲속에서 울려퍼지는 새들이 울음소리를 들으며 걸을 따름이다. 숲속의 신령한 기운이 몸을 감쌀 때 내가 생명 세계의 한가운데에 있음을 깨닫는다.

• 레이첼 카슨, 「센스 오브 원더」(알렉산더 그린, 『삶에서 무엇이 가장 중요한가』, 곽세라 옮김, 북하우스, 2013, 323쪽 재인용)

숲에서 안식과 평화를 찾는 것은 당연하다. 먼 우리 조상들은 숲속에 보금자리를 짓고, 숲이 내주는 수목의 열매, 뿌리, 잎 들에서 자양분을 얻었다. 살아남는 일에서 인류는 숲에 의존하는 바가 컸다. 인류는 '수목인간 Homo Arboris이다. "그가 누구든 인간은 날 때부터 지금까지 수목인간이었고, 수목인간이고, 수목인간일 것이다."• 나무들은 대략 1억 3천 5백만 년에서 6천 5백만 년 전 사이에 지구에 나타나 수만 종으로 창궐하며 거대한 숲을 형성한다. 이 거대한 숲들이 "기체 순환과 기후 환경 조성, 물 순환, 양토 생산"••에 기여하고, 지구 생명들의 부양자 노릇을 해온 것이다. 인류는 숲이 베푸는 혜택의 최대 수혜자 집단이다. 이 숲속에 처음 발을 들여놓았을 때 나는 외경심마저 느꼈다. 그것은 숲의 깊음에 부딪친 정서적 감응일 텐데, 나만의 감응은 아닌 모양이다. "삼라는 우주 만유를 뜻한다. 옛 동아시아 사람들에게 숲은 우주의 깊이를 지닌 무언가로 이해되었던 것이다. 우주는 광활한 것, 그래서 그 앞에 선 자가 일종의 외경심을 갖게 되는 무엇이다. 우리의 조상들은 우주 앞에서나 느낄 법한 외경심을 산 숲속에서 느꼈음이 분명하다. 나무가 울창히 들어찬 광대한 산 숲에 든 이가 느끼기 쉬운, 무서우리만치 엄숙한 감정이 찾아드는 경계를 그들은 삼엄森嚴이라고 표현했으니까."••• 숲은 나무들로 빽빽한 곳을 이룬다. 무엇보다도 나무들은 풍부한 식량 자원을 공급하고, 새와 미생물들에게 보금자리를 제공한다. 그런 까닭에 나무들이 울울창창 들어찬 숲은 무

•우석영, 『수목인간』, 책세상, 2013, 17쪽.
••우석영, 같은 책, 165쪽.
•••우석영, 같은 책, 142쪽.

수한 생명체들이 모여 공생을 하는 자리다. 숲은 공진화를 이루는 '대안지대'다. 숲속에서 내 생명 근원에서 솟구치는 환희약동이 물결치는 것은 당연하다. "흙, 물, 불, 공기, 이 네 가지 차원에서 에로스의 춤을 추는 지구 생명의 모습이 나무라는 독특한 생명 현장에 와 물결치고 있다."• 내 안에 샘솟는 기쁨은 숲에서 지구 생명들이 벌이는 '에로스의 춤'에 대한 화답이다.

생명체들은 지구에서 삶과 죽음을 반복하며 산다. 어떤 생명 종들은 지구의 기후 변화에 적응하지 못한 채 멸종되어 사라졌다. 천재지변과 기후 변화는 생물들에게는 재앙이다. 지구의 생물 종들은 특히 2억 5천만 년의 2첩기疊紀와 6천 5백만 년 전의 백악기 때 운석 충돌과 빙하기, 그리고 화산 폭발 따위로 대대적인 멸종을 겪었다. 지금 살아남은 종들은 천재지변들을 이겨내고 기후 변화에 잘 적응한 종들이다. 지금까지 출현한 생물 종들 중에서 단지 1퍼센트만이 살아남았다고 하니, 지구에 펼쳐진 "생명의 역사는 동시에 죽음의 역사"••이기도 하다. 그 생명의 역사 끝에 영장류가 나타나고 이어서 현생 인류가 탄생한다. 유칼립투스 숲속 한가운데 서서 나는 그 유장한 생명의 역사를 온몸으로 느끼며 전율한다.

생명의 역사는 단세포 생물에서 시작한다. 단세포 생물들은 30억 년에

•우석영, 같은 책, 201쪽.
••리샤르 벨리보 · 드니 쟁그라, 『삶을 위한 죽음 오디세이』, 양영란 옮김, 궁리, 2014, 53쪽.

걸쳐 지구의 유일한 생명체였다. 수억 년의 걸친 이 생명의 역사를 365일짜리 달력으로 요약해보면 보다 명약관화해진다. "40억 년의 지구 역사를 1월 1일에 시작하는 1년 365일짜리 달력으로 환산해본다면, 단세포 생물은 11월 6일 최초의 무척추동물이 모습을 나타낼 때까지 지구상의 유일한 주민들이었다. 최초의 식물 형태가 등장한 것은 11월 20일이고, 어류의 출현은 11월 24일, 곤충은 11월 29일, 최초의 포유류는 12월 25일에 각각 모습을 드러냈다. 최초의 인류는 12월 31일, 한 해가 끝나기 불과 30분 전에야 출현했다!"• 단세포 생물에서 호모사피엔스가 나타날 때까지 무려 30억 년이나 걸린다. 이 생명의 역사 속에서 '나'란 존재가 출현한 것이다. 나는 누구인가. 나는 어디에서 와서 어디로 가는가.

나는 날마다 먹고 마시며 살아간다. 날마다 1백억 개의 세포가 죽고 죽은 세포들은 새 세포들로 교체된다. 생물학에서는 이를 아포토시스apoptosis라고 말한다. 아포토시스 과정이란 날마다 세포 단위에서 겪는 작은 죽음들이다. 인간은 그런 작은 죽음들 끝에 큰 죽음과 만난다. 곤충에서 보다 복잡한 생명체인 포유류에 이르기까지 모든 생명체들은 저마다의 리듬으로 나고, 성장하고, 죽는다. "생물학적 관점에서 보자면, 인간의 죽음을 야기하는 세포, 분자 차원의 현상들은 다른 생명체의 존재를 종결짓는 현상들과 전혀 다를 바가 없다."•• '나'란 존재는 장강長江 같은 생명의 긴

• 리샤르 벨리보 · 드니 쟁그라, 같은 책, 53쪽.
•• 리샤르 벨리보 · 드니 쟁그라, 같은 책, 70쪽.

역사에서 찰나에 나타났다가 사라지는 물방울과 닮았다. 장강에 녹아든 물방울 하나란 얼마나 작은가! 이 유칼립투스 숲속에서 '나'라는 존재가 생명에서 죽음으로 이어지는 그 숭엄한 질서 속에 포박되어 있음을 깨달을 때, 전율이 등짝을 스쳐간다. 죽음은 내 안의 비밀스러운 본능이다. 내가 무로 돌아가길 갈망한 것은 아니지만, 죽음은 이미 생명의 시작과 함께 깃들어 심장과 등골과 머릿속을 떠나본 적이 없는 것이다.

ㅇ어느 날 아침

베란다에 서서 수영장을 내려다보고 서 있었다. 개구리의 행방이 궁금해서 눈으로 여기저기를 둘러보다가 개구리를 찾아낸다! 물속 깊은 수영장 바닥에 개구리는 엎드려 있었다. 오래 바라보고 있는데, 어쩐 일인지 두 다리를 벌린 개구리가 미동도 하지 않는다. 설마, 하는 이상한 생각이 스친다. 수영장으로 내려가서 뜰채로 바닥에서 개구리를 건져낸다. 과연 개구리는 죽어 있었다. 살아 있을 때 그 모양 그대로. 나는 망설이다가 뜰채로 떠올린 개구리를 풀밭에 내려놓았다.

가장 아름다운 것은 슬픈 빛깔을 띤다. 아름다운 것이 슬픈 것은 그 아름다움이 영원하지 않을뿐더러, 그것을 손에 쥐는 게 애초 불가능하기 때문이다. 아름다운 찰나들이 슬픈 것도 같은 이유에서다. 아름다움은 덧없이 사라진다. 사라져서 영원한 망각으로 퇴적하는 것이다. 단 한 번의 예외도 없다. 생명들은 저마다 이 유한함을 질기게 살아낸다. 어느 가을 아침 이슬에 젖은 채 죽어 있는 매미, 정체를 드러내지 않은 채 시골집 마당을 불룩하게 만들다가 어느 날 갑자기 짧고 도톰한 다리와 하얀 배를 뒤집고 죽어 있던 두더지, 겨울 냉해로 뿌리가 얼어죽은 6년생 배롱나무, 그리고 시드니 교외 주택 수영장에서 최후를 맞은 개구리! 이것들의 살아냄은 가느다랗다. 연약함으로 생명들은 슬프고 아름답다.

○먼 데서 찾는 것은 우리 뱃속에 있다•

시드니에 머무는 동안 여러 사람들을 만난다. 작년 시드니 동아일보 강당에서 인문학 강연을 한 인연으로 나를 보고 싶어하는 사람들이 여럿 있었다. 아는 사람도 있고 모르는 사람도 있다. 사람들은 저마다 다른 목적과 이유로 나를 만나고 싶어한다. 피터 김이 윤희경씨의 시드니 집 전화로 연락을 했다. 피터 김과 전화통화를 했을 때 그의 말을 다 알아듣지 못했다. 어딘가 모르게 그의 한국말 발음이 명확하지 않았다. 그가 누구인지 모르지만 나를 만나고 싶어한다는 것은 알았다. 우리는 한 주 뒤 화요일 저녁 약속을 잡았다. 약속한 대로 화요일 저녁 피터 김이 차를 갖고 글레노리로 왔다.

저녁식사 예약이 된 타이 레스토랑으로 출발하려고 피터 김의 자동차에 올라탔을 때, 지독한 담배 냄새가 코끝으로 훅 하고 밀려왔다. 머리가 지끈거릴 정도로 지독한 담배 연기가 직관을 자극한다. 차 안에 배인 담

•크리스티안 생제르, 『우리 모두는 시간의 여행자이다』, 홍은주 옮김, 다른세상, 154쪽.

배 냄새로 그가 흡연자라는 것, 꽤 지독한 흡연자라는 사실은 숨길 수가 없었다. 일의 과중함과 누적된 피로. 삶에서 가장 좋은 것과 가장 나쁜 것들. 가슴속 갈망과 눈앞 현실 사이의 괴리. 부족한 것은 없고 삶도 그리 나쁘지는 않을 것이다. 헌데 그는 삶의 소용돌이 속에서 허우적거리고 있다. 일이라는 야수에게 산 채로 내던져진 먹잇감이라는 나쁜 상상에 빠져 있을지도 모른다. 현재 부족한 것이 없을지 모르지만 이 찰나가 가장 아름다운 시절이라고 할 수는 없을 것이다.

피터 김이 안내한 타이 음식점은 지난주 김미경씨와 식사를 했던 타이 음식점보다 실내 장식이 세련되고, 음식도 화려하고 풍성했다. 식사에 곁들여 꽤 비싼 멜롯 와인 두 병을 마셨다. 피터 김은 운전 때문인지 와인을 마시지 않는다. 혼자서 레드와인 한 병을 거의 다 마셨을 때 취기가 올라온다. 나는 주로 피터 김의 얘기를 들었다. 그는 하고 싶은 얘기가 많은 모양이다. 저녁식사를 하는 내내 긴 대화가 이어진다.

피터 김은 막 마흔 줄로 들어선 사람이다. 마흔이란 젊음의 격류와 그 젊음을 감싸던 눈부신 광휘가 서서히 사라질 때다. 그렇지만 아직은 늙음의 치욕을 모를 나이다. 그는 젊은 나이에 시드니의 유능한 성형외과 원장으로 명성을 얻었다. 2013년 '후즈후Who's Who in the World'라는 세계인명사전에 Dr. Peter Sang-Hui Kim으로 등재된 뒤 여러 매체들과 인터뷰를 했다. 내놓고 말을 하지 않았기에 그의 성공이 어느 정도인지 정확히 알 수는 없다. 그의 병원이 해마다 많은 세금과 보험료를 낸다고 하니 그

걸로 어렴풋하게 추측해볼 따름이다. 그는 철학 일반에 관심이 많다. 시드니의 성형외과 의사가 보여주는 동양철학에 대한 관심은 유별나 보인다. 왜 하필이면 철학일까? 어떤 별똥별 같은 것이 그의 영혼에 스쳐지나가면서 궤적을 남겼을 것이다. 여러 경로로 인문학을 배울 수 있는 방법을 찾아보고 있다는 얘기를 하며 그가 웃었다. 그 선량한 웃음은 그의 사람됨이 매우 소탈하고 정직하다는 걸 암시한다. 그 웃음 끝에서 허탈과 불행이 스치고 지나간 희미한 흔적들을 놓치지 않는다. 철학과 인문학에 대한 갈망은 기초 교양으로서의 지식을 향한 것이기보다는 더 근원적인 욕구일 것이다. 그는 지금 무언가를 갈망하고 애타게 찾고자 한다.

그는 12세 때 남미를 거쳐 호주로 이민 왔다. 초등학교에 들어갈 무렵 한국을 떠난 것이다. 호주 이민 서른 해라는 걸 감안한다면 그의 한국말은 유창하다고 해야 할 것이다. 대화를 나누는 데 전혀 불편하지 않다. 그에게 물었더니 한국인 아내 덕분이라고 말한다. 하지만 피터 김은 한국말보다는 영어가 더 편한 사람이다. 정확하게 말하자면, 피터 김은 한국인이 아니라 한국계 호주인이다. 겉모습은 한국인이지만 의식과 정서는 호주인에 더 가까울 것이다. 지금 그의 정체성과 인격이 얼마나 견고한지 나는 짐작조차 할 수가 없다. 스무 살에 결혼하고 스물한 살에 첫 아이를 얻었다는 말들을 할 때 나는 잠시 놀란다. 그는 이른 나이에 가족 부양의 책임을 졌다. 낮에는 대학에서 공부하고, 강의가 끝난 뒤에는 밤과 주말을 가리지 않고 일을 했다. 그가 누리는 오늘의 풍요는 전적으로 그 고된 노동과 성실성의 열매인 것이다.

그는 20년 동안 잠을 줄이며 전공 공부와 일을 병행하면서, 성형외과 개업의로 어엿한 성공을 일궈낸다. 이민자 자식으로 살아내는 일이 얼마나 힘들었을지는 그보다 더 잘 알 수는 없다. 이민자 자식이 겪은 핸디캡들, 끝없는 정체성의 혼란. 그는 청소년기에 방황을 했다고 무심코 흘리듯 얘기한다. 현실이라는 '고된 노예선'에서 살아남기 위해 밤낮 없이 노를 저었을 것이라는 짐작은 어렵지 않다. 그는 서른 해를 견뎌내고 자신을 단련했다. 그는 아이가 넷이다. 큰아들은 스물한 살이고, 컴퓨터를 전공한다. 구글에 들어가 일하는 게 꿈이라고 했다. 막내는 딸인데 네 살이다. 현재 체스우드 병원 말고 곧 시티 중심가에 새로 병원을 개업한다고 했다. 병원은 나날이 번창하고, 삶은 안정되어 있는 것이다.

성공을 거머쥐었지만 내면에는 채워지지 않는 갈망이 그르렁거린다. 인문학에 대한 목마름. 왜 하필 인문학일까? 타이 음식점을 나오면서 그가 자기 집에 가서 커피를 마시자고 제안한다. 좋아요. 집도 구경할 겸 한번 가봅시다. 우리는 피터 김의 차를 타고 그의 집으로 이동한다. 불을 켜자 어둠에 묻혀 있던 거실 풍경이 환하게 드러난다. 피터 김이 벽난로에 불을 지폈다. 거실은 넓고, 실내 인테리어와 가구들은 화려했다. 거실 통유리로 저 멀리 어둠 속에 엎드린 시드니 시티의 불빛들이 영롱하게 반짝인다. 시티의 전경이 한눈에 들어오는 이 넓고 아름다운 저택이 그의 사회적 성공의 빛나는 표상일 테다. 집은 비어 있었는데, 아내와 아이들 넷이 모두 태즈마니아로 여행을 떠났다고 일러준다. 피터 김이 여기저기를 한참 뒤져 커피를 찾아냈다. 그가 커피와 케이크 두 접시를 식탁 테이블에 내놓는다.

피터 김은 모호하고 불확실한 세상에서 인문학이 제 인생의 길 찾기를 도울 나침반이라고 여긴다. 다음 학기부터 시드니 대학교에서 법학을 공부할 거라고 말하면서 그가 미소를 지었다. 법학은 이 바쁜 성형외과 의사가 시드니에서 찾은 인문학에 대한 대안이다. 사람은 저마다 제 꿈을 빚어 세상에 내놓아야 한다. 그러려면 먼저 자기의 꿈이 무엇인지를 알아야 한다. 사람들은 그 꿈을 찾기 위한 방황과 모색의 시간을 보낸다. 보통은 청소년 시기에 그것들을 끝내지만 어떤 사람은 평생을 파란만장한 방황과 모색으로 보내기도 한다. 예술가들 중에 그런 유형이 많다.

피터 김은 예술가는 아니지만 삶에서 더 크고 의미 있는 길을 찾으려고 한다. 먼 데서 찾고자 하는 것은 어쩌면 우리 뱃속에 있는지도 모른다. 나는 그에게 꿈에 대해 물었다. 그는 이렇게 대답했다. "내 꿈에 대해 물어줘서 고마워요. 난 꿈이 없어요. 이미 난 꿈속에서 살고 있으니까요. 한 가지 희망이 있다면 이 꿈에서 결코 깨어나지 않는 거예요. 내 삶이 지향하는 바는 아주 단순해요. 이 생에서 나를 위한 신의 계획이 무엇인가를 찾는 일이지요. 아직 그걸 찾지 못했어요. 언젠가는 찾을 수 있겠지요. 그것을 알아내고 더 나은 상태에서 이 세상을 떠나는 게 제 꿈이지요." 그는 한국어가 아니라 영어로 대답했다. 헤어질 때 그가 불쑥 주말에 시드니 시티의 야경을 보고 싶지 않으냐고 물었다. 시드니의 진짜 풍경은 야경이라고. 그가 인류애를 끌어올려 시드니 시티의 야경을 안내하겠다는 말을 꺼

냈을 때, 나는 기분이 좋아졌다. 좋다, 좋아, 이 친구야! 피터 김은 글레노리의 교외 주택에 우리를 내려주고 자동차와 함께 밤의 한가운데 무뚝뚝한 무쇠 칼처럼 떨어져 직선으로 뻗어 있는 올드 노던 로드의 어둠 속으로 사라졌다.

○ '숲평선' 위로 별들이 뜬다

베란다에서 수평으로 건너다보이는 너른 숲은 어둠에 잠겼다. 인공 불빛 한 점 없고, 그믐이라 달빛 한 점 없으니 이 평원을 덮은 어둠은 순결하다. 평원의 끝 간 데는 먹물 듬뿍 찍어 가로로 그어진 일획이다. 저 일획으로 말미암아 아래와 위는 분별이 또렷하다. 저 일획으로 경계로 아래는 검은 숲이고, 위는 상대적으로 밝은 하늘이다. 숲과 하늘을 나누는 이 '숲평선'—땅의 끝 간 데가 '지평선'이고, 바다 끝 간 데가 '수평선'이라면, 숲의 끝 간 데를 '숲평선'이라고 부르지 못할 까닭이 없다—아래는 도마뱀과 양서류와 캥거루 따위의 동물이 사는 대지고, 그 위로는 수만의 별과 은하들이 떠 있는 밤하늘이다.

별들은 검푸른 양탄자 위에 함부로 뿌려놓은 소금 알갱이 같다. 소금 알갱이 같은 별들이 저마다 신비하고 영롱한 빛으로 반짝거린다. 푸른 궁륭穹窿 위의 별들을 볼 때마다 심장이 뛰곤 한다. 어린 시절부터 별들이 좋았다. 까마득히 먼 별들의 빛은 지구까지 오는 데만 몇만 년이나 걸린다고 했다. 어떤 별들은 반짝이고 있지만 이미 죽어 사라진 별이라고 했다. 천문학자들에 의하면, 늙은 별들은 수명을 다하여 죽는데 죽어서 사라지기 직전 깊은 한숨을 내쉰다고 한다. 저 무한 천공에서 죽어가는 별들의 깊고 느린 한숨이라니! 내 마음 깊은 곳의 금琴이 울린다. 백여 년 전 태어난 한 시인도 별을 사랑했다. 이국의 감옥에서 억울하게 죽은 이 청순한 젊은 시인은 "별을 노래하는 마음으로/모든 죽어가는 것을 사랑해야지"라고 다짐한다. 오늘밤도 이 예민한 시인의 시구처럼 별이 바람에 스치는 밤이다.

죽는 날까지 하늘을 우러러
한 점 부끄럼이 없기를
잎새에 이는 바람에도
나는 괴로워했다.
별을 노래하는 마음으로
모든 죽어가는 것을 사랑해야지.
그리고 나한테 주어진 길을
걸어가야겠다.

오늘밤에도 별이 바람에 스치운다.

—윤동주, 「서시」 전문

137억 년 전 빅뱅Big Bang이 일어나고, 우주는 이 갑작스러운 사태에서 시작되었다. 낮과 밤, 달과 태양, 뱀과 양들, 호랑이와 늑대, 조류와 양서류, 별들과 은하, 그리고 호모 사피엔스. 태초의 우주는 암흑 물질과 암흑 에너지가 분화되지 않은 덩어리다. 암흑 물질은 우주 질량을 이루는데, 중력은 있지만 빛을 산란하거나 흡수하지 않는 입자들로 이루어진다. 암흑 에너지는 우주 에너지로 척력의 중력을 포함하고, 우주 팽창을 밀어간다. 중력은 빅뱅으로 인한 비균질성에서 비롯되었다. 암흑 물질과 암흑 에너지를 끌어당겨 은하와 별, 행성이 탄생한다. 빅뱅 뒤 우주는 스스로 진화하며 팽창하는 중이다. "빅뱅 직후 우주는 매우 뜨겁고 조밀했다. 하지만 지금 우주는 차갑고 희박한 상태로 팽창한다. 그것은 거의 균일하며 특정한 형태 없이 시작되었지만, 매우 복잡하고 정교한 형태로 변화했다. 시간이 지남에 따라 물질은 중력과 다른 힘들에 의해서 서로 뭉쳤고 원자핵, 원자, 분자, 광물과 생명, 행성, 별, 은하, 은하단, 초은하단의 점점 더 복잡한 구조로 스스로를 배열한다. 이 모든 복잡성은 1초의 시점에 존재했던, 거의 발견하기 힘든 에너지 분포의 미세한 비균질성에서 기인한 것이다."• 빅뱅 이전에는 부피도 시간도 아무것도 없었다. 우주는 무無의 무, 무무의 무, 텅 비어 있음 그 자체였다. 빅뱅은 뜨거운 물질과 복사파가 생기고 그 발생으로 인해 공간이 팽창하는 순간이다. 빅뱅의 본질은 공간의 폭발인데, 그 폭발에 대해 한 과학자는 이렇게 말한다. "빅뱅은 공간의 폭발이었지, 공간 속에서의 폭발이 아니었다. 빅뱅은 모든 곳에서 일어났다. 공간 속의 한 지점에서 일어난 것이 아니었다. 공간은 우주 안에 있다. 우주가 공간 안에 있는 것이 아니다."•• 빅뱅은 공간 속의 폭발이 아니라

• 폴 스타인하트 · 닐 투록, 『끝없는 우주』, 김원기 옮김, 살림, 2009, 60쪽.
•• 알렉산더 그린, 같은 책, 314쪽.

공간의 폭발이다! 어쨌든 빅뱅은 우주 역사의 시작이고, 이로 인해 지구 생명의 역사도 시작되었다.

지구별은 이 시공간 안에서 바늘 끝으로 찍은 점같이 자그마한 행성이다. 지구는 천억 개의 항성을 거느린 천억 개 은하 속 한 점으로 우주 한구석에서 파랗게 빛나는 작은 별이다. 지구가 태양과 함께 우주에 나타난 것은 45억 년 전이다. "45억 년 전, 그러한 어떤 계기(폭발하는 인근 항성의 충격파)가 우리 태양계를 만들었다."• 수성, 금성, 지구, 화성, 목성, 토성, 천왕성, 해왕성 등 여덟 개의 행성과 위성, 혜성과 소행성 들이 태양을 중심으로 같은 평면상에서 한 방향으로 공전한다. 이것은 무엇을 의미하는가? "행성과 위성 모두가 펑퍼짐하게 돌고 있던 같은 원반의 먼지와 가스에서 거의 같은 시간에 응집해 생성되었음"••을 뜻한다. 수성, 금성, 지구, 화성과 같이 태양에 인접한 네 개의 내행성들은 규소, 산소, 마그네슘, 철로 이루어지고, 목성, 토성, 천왕성, 해왕성같이 먼 쪽에 배열한 외행성들은 수소와 헬륨으로 뭉쳐진 가스 행성들이다. 지구는 물이 풍부한 별이다. 이 물은 생명이 탄생할 수 있는 조건이다. 태양에서 너무 멀지도 너무 가깝지도 않은 거리에 있다는 것은 지구 생명체들에게 행운이고 축복이다. 그 덕분에 지구는 물을 액체 형태로 보존할 수 있었다. "우리 태양계 안의 다른 행성들과 마찬가지로, 지구도 약 45억 년 전에 충돌하는 콘드라이트에서 출발한 다음 수백만 년에 걸쳐서 중력으로 점점 더 큰 미생성

•로버트 M. 헤이즌, 『지구 이야기』, 김미선 옮김, 뿌리와이파리, 2014, 23쪽.
••로버트 M. 헤이즌, 같은 책, 24쪽.

체로 뭉쳐 형성되었다."•

우주의 역사를 한 해로 압축하면 이해가 쉽다. 한 해 셈법에 의하면, 하루는 4천만 년, 1초는 500년이다. 빅뱅은 1월 1일에 일어난 사건이다. 태양과 단세포 생명체가 나온 것은 9월의 일이다. 다세포 생물은 11월에 나오고, 척추동물은 12월 17일에 나온다. 공룡이 나타난 것은 크리스마스 이브다. 호모 사피엔스는 12월 31일 오전 11시 54분에 나온다. 인류가 문자를 발명하고 기록을 시작한 것은 10초 전이다. 피라미드 건축은 9초 전이고, 청년 시인이 중동 지역에서 유일신 종교를 포교한 것은 4초 전이다. 로마 제국은 3초 전에 무너진다. 콜럼버스 일행이 아메리카 대륙에 발을 들인 것은 불과 1초 전이다.•• 우리는 우주의 역사 속에서 1초라는 동시간대에 동거한다. 이 우주에서 2초는 너무 길다. 지금 살아 있는 인류의 삶과 죽음은 다 1초 안에 일어나는 사건들이다.

밤이 온다. 밤은 지구 표면의 절반을 덮는다.••• 가로등이 없는 올드 노던 로드와 글레노리 일대의 교외 주택지에 밤의 두터운 어둠이 내려앉아 감싼다. 어둠이 우리 삶의 반을 빚는다. 사람은 자궁 속 어둠과 양수 속에서 열 달 동안 머물며 머리와 몸통과 팔다리가 자라난다. 아기는 3킬로그

•로버트 M. 헤이즌, 같은 책, 37쪽.
••알렉산더 그린, 같은 책, 314~315쪽 참조.
•••밤은 지구 표면의 반을 덮는데, 그 크기는 정확하게 얼마나 되나? "지구의 표면은 315,200,000㎢고, 그 가운데 정확히 절반인 157,600,000㎢는 특정한 시간에 어둠으로 덮인다. 만약 밤이라는 용어가 항해박명을 가리키는 데 적당하다고 가정한다면, 항해박명은 일몰 후 약 30분 뒤에 발생하므로 어둠에 가려진 지표면에서 30분에 해당하는 면적을 빼야 한다. 그러면 밤은 144,467,200㎢, 즉 태평양의 크기에 해당하는 지표면을 덮는다." 크리스토퍼 듀드니, 『밤으로의 여행』, 연진희·채세진 옮김, 예원미디어, 2007, 59~60쪽.

램 안팎의 작은 몸뚱어리로 태어나는데, 어린애들은 잠을 자는 동안 생장점이 자라난다. 뇌의 부피가 커지고 키가 자란다. 사람은 존재의 반을 빚는 데 밤과 어둠에 빚진다. 나머지 반은 낮 동안 하는 학습과 노동이다. 어둠이 생물학적 존재로서 우리를 빚는다면, 나머지 사회적 존재로서 반을 빚는 것은 낮에 하는 활동이다.

인공 빛이 한 점도 없는 세상은 광학적 사막이다. 어둠에 잠겨 세상이 깜깜할 때 "밤은 끝없는 우주를 향해 열린 창문"• 이다. 이 창문으로 우리는 별들이 초롱초롱한 남반구의 밤하늘을 내다볼 수 있다. 저건 당신의 별, 이건 내 별. 이 별들 사이로 은하가 흐른다. 이 시각 북반구에도 네 별 내 별 헤아리며 하늘을 올려다보는 사람이 있다. 수를 놓는 남중국의 소녀, 안데스 산맥에서 살며 양떼를 돌보는 청년. 그들이 누구인지 모르지만 우리는 인류의 형제고 자매로 이어진 존재들이다. 머리 위에 가득 별을 이고 방향을 가늠하며 밤의 사막을 건너는 사람들. 별이 바람에 스칠 때 부디 고단한 이들에게도 밥과 평온한 잠이 주어지길!

• 크리스토퍼 듀드니, 같은 책, 31쪽.

ㅇ시드니에서 보낸 마지막 주

시드니를 떠날 때가 다가온다. 목요일 저녁식사를 캥거루 문학 동인인 J선생 댁에서 했다. 비가 내리는 목요일 저녁, J선생이 운전을 해서 글레노리로 왔다. J선생은 동포문학상 공모전에서 수필로 대상을 받은 분이다. 지금은 시드니에서 수필가로 활동한다. 작년에 만났으니, 우리는 구면이다. P와 나는 J선생 댁에 갈 때 와인 두 병을 가져갔다. 이스트우드의 J선생 댁에 도착하니 거실 테이블에 월남쌈이 한 상 가득 차려져 있다.

캥거루 문학 수필 분과 동인들 몇 분이 저녁시간에 맞춰 도착한다. 비오는 목요일 저녁, 다들 바쁠 텐데, 우리를 위해 모였다. 우리는 따뜻한 환대를 받았다. 유쾌하고 훈훈한 저녁식사를 마치고 밖으로 나오니 비가 내린다. 이스트우드로 올 때는 성근 빗방울이었는데, 밤이 깊어져 글레노리로 돌아갈 무렵 빗줄기가 굵어졌다. P와 나는 정동철 변호사의 차를 얻어 타고 글레노리로 돌아왔다. 작년 시드니 동아일보 강당에서 한 내 인문학 강연에서 그가 사회를 본 인연으로 만난 젊은 벗이다. 그는 서울대학교 정치학과 출신이다. 그는 88학번이라고 했다. 88학번이라면 아직 대학에

학생운동권의 영향력이 살아 있을 시기이다. 아마도 열혈 운동권 출신은 아니었던 모양이다. 그는 언론사 입사를 위해 호주로 영어 연수차 왔다가 시드니에서 평생의 반려가 될 인연을 만났다. 그는 호주에 정착하면서 로스쿨에 들어갔다. 우리는 어느 하루를 정해서 함께 시티를 걷기로 약속했는데, 그는 분주한 듯했다. 약속은 자꾸 뒤로 밀려났다. 정변호사의 차가 글레노리의 교외 주택에 우리를 떨구고 빗속으로 떠났다.

금요일 아침, P는 유금란씨의 차에 동승해서 시티로 나갔다. P는 크리몬 포인트의 호텔방에 이틀을 묵으면서 시티를 걷겠다고 한다. 시드니를 더 많이 걷고 더 많이 봐야 쓸 얘깃거리도 생길 것이다. 나는 교외 주택에 남아 있기로 했다. P와는 토요일 저녁 시티에서 합류할 예정이다. 피터 김이 토요일 저녁식사를 하고 시드니 시티의 야간을 걸어보자고 제안한 터였다. 그는 주말에도 일을 하는데, 그가 일을 마치고 오후 5시에 글레노리로 차를 갖고 왔다. 늦은 오후 검은 구름이 몰리며 빗방울이 떨어졌다. 피터 김의 차를 타고 올드 노던 로드에서 이스트우드로 가는 길에 무지개를 만났다. 완만한 곡선을 그리며 허공에 뜬 무지개는 서울에서 한 번도 보지 못한 쌍무지개다. 이 쌍무지개는 좋은 일이 있으리라는 전조前兆일 것이다.

빗줄기가 거세지니 시티에서의 계획은 차질이 불가피했다. 시티를 걸으려던 계획을 취소하고 대신 피터 김의 집에서 저녁식사를 하기로 했다. P를 서큘러 키 역 근처 페리 3번 선착장에서 만나기로 하고, 피터 김과 그의 아들, 나까지 세 사람이 차를 타고 시티로 나선다. P를 태우고 이스트우드로 돌아오는 길은 차량 정체로 시간이 걸렸다. 비가 내리는 토요일 저녁, 차량들이 긴 꼬리를 물고 이어진다. 이스트우드에 도착했을 때 태즈매니아 여행에서 돌아온 피터 김의 가족, 아내와 둘째 아들, 셋째와 막내딸이 기다리고 있었다. 첫째 아들은 라이딩을 하러 나갔다. 시드니 시티의 야경을 조망할 수 있는 피터 김네 거실에서의 저녁식사는 월남쌈이다. 월남쌈이라도 집집마다 재료가 다르다. P와 나는 스파클링 와인 몇 잔을 마시고, 포만감을 느낄 정도로 음식을 먹었다. 피터 김의 어린 딸들이 거실에서 천진스럽게 노는 광경에 가슴이 잠시 먹먹해진다. 내 품을 떠나버린 아이들의 어린 시절이 눈앞에 아른거렸다. 내년에 다시 올게요. 그때 또 만나요. 우리는 작별 인사를 나눈다. 다시 피터 김의 차를 타고 올드 노던 로드를 달려서 글레노리로 돌아왔다.

정동철 변호사는 자신을 '니힐리스트'라고 했다. 그가 살아온 이력을, 이미 무의식의 지층이 되어버린 삶을, 다 알지 못하기에 나는 그 말을 어떻게 이해해야 할지 모르겠다. 그 당시 많은 젊은이들이 그랬던 것처럼 그 역시 학생운동에 동참한다. 소련의 해체와 동구권의 몰락의 여파로 좌파 학생운동이 차츰 와해되기 시작할 무렵이다. 그는 시드니에서 반려자가 될 여성을 만나고, 삶이 예측할 수 없었던 방향으로 선회를 했다. 시드니에서 로스쿨을 마친 뒤 변호사로 일한다. 진작 그와 함께 시티를 걷기를 바랐는데, 그의 일정이 빠듯했다. 그에게 시드니 이민자로 살아가는 것에 대한 얘기를 듣고 싶었다. 이민자로 사는 것은 행복한지, 삶의 당면한 문제는 무엇인지, 이방인의 눈에 비친 시드니는 어떤 모습인지 따위에 대해서. 서울로 돌아가기 전날 우리는 오후 시간을 함께 보내기로 했다.

뮤지컬 공연을 보고 난 뒤 록스 거리의 '팬케이크 온 더 록스'에서 이른 저녁식사를 했다. 포크 립스와 스테이크, 샐러드, 흑맥주가 나왔다. 풍성한 식사였다. 후식으로 시럽을 듬뿍 뿌린 팬 케이크를 먹었다. 식사가 끝난 뒤 록스 거리를 내려와 시드니 중앙 상업 지구에서 서큘러 키 선착장을 잇는 영롱한 아름다운 밤길을 걸었다. 카페에서 테이크 아웃 커피를 사들고 빗방울이 한두 방울 떨어지는 거리를 걸으며 우리는 얘기를 나눴다. 정변호사는 오른쪽 손목에 웨어러블 기기를 시계처럼 차고 있었다. 이건 하루 활동량, 즉 걷고 뛴 거리, 심박수, 수면 패턴, 칼로리 소모량 등을 체크하는 기기다. 최근 그는 조깅의 즐거움에 빠져 있다. 그는 날마다 15킬로미터를 뛰고 5킬로미터 정도를 걷는다. 그는 허릿살이 빠져 예전의 양복들을 입을 수 없게 되었고, 그래서 며칠 전 새로운 양복을 두 벌이나 맞췄다고 말한다. 정 변호사에게 꿈에 대해 물었을 때 그는 이렇게 대답했다. "제 꿈이 무엇이냐는 질문이 바쁜 일상에 잠긴 뒤통수를 신선하게 후려치네요. 세상과 가족에 포위 당한 듯이 하루하루 헤쳐나가는 데 급급한 삶인지라 꿈이라는 말조차 생경해요. 그래도 물음에 답을 드림이 도리니 굳이 말씀을 드리자면 '젊게' 늙어가는 것이지요. 한 20년 세월이 흘러 아버지와 자식과 형제로서의 역할을 어느 정도 마무리한 후 제 인생에 떠오를 새로운 지평을 '젊음'으로 맞이하고 싶어요." 그 대답을 들으며 가슴이 먹먹했다. 그가 감당하고 있는 현실의 무게와 함께 꿈조차 꿀 수 없이 바쁜 일상을 헤쳐나가는 그의 고된 일상이 충분히 짐작되었기 때문이다. 나는 더 깊은 얘기를 묻지는 못했다.

○ 작별 인사

시드니에서 한 달 동안 살아보기, 그 탈주와 자유의 시간 누려보기라는 터무니없고 야심만만한 계획은 막을 내린다. 시드니와 작별을 고하고, 서울로 돌아가야 할 시각이다. 시드니는 꽃물결로 낭창낭창하다. 봄이 질펀하게 흐드러질수록 우리 마음은 가난해진다. 나는 올이 닳아진 슬픔의 가장자리를 만진 듯한 느낌이다. 해가 떨어지자 어둠이 자욱하게 내려앉는 글레노리의 저녁들, 그 저녁의 맛있는 밥과 포도주들, 평온한 취기와 망망대해에 고립된 듯한 고독감, 말이 채 되지 않은 어, 저, 으, 그 따위 단음절 말들을 내뱉던 고적한 밤들과 헤어져야 한다.

대체 낯선 곳에서 처음 살아보는 삶이란 무엇인가. 우리는 낯선 침실에서 잠자고, 낯선 부엌에서 밥을 지어 먹고, 낯선 거실에서 시간을 보냈다. 새벽에 낯선 온도, 낯선 소리들, 낯선 분위기 속에서 깨어난다. 낯선 도시에서 쓸모를 향한 그악스러움을 애써 물리친 채 빈둥거리는 삶은 어떤 의미를 빚어내는가. 오직 느림으로만 채워진 삶, 심심함으로 충만한 삶이 가능하다면, 이 삶은 무슨 빛깔로 우리 앞에 나타나는가. 처음, 살아보는 삶은 우리 존재를 낯선 환경 속에 밀어넣고 새로운 가능성을 가늠해보는 실험이고 모색이었다.

시드니 교외 주택에서 보낸 심심함을 품은 나날들. 베란다에 의자를 내놓고 햇볕을 쬐고 책을 읽으며 한가롭게 보낸 시간들. 붉은 포도주를 마시며 취기의 아득함 속에 있던 그 다정한 저녁들. 나는 술 없이 하루도 견딜 수 없는 주당은 아니지만 저녁마다 붉은 포도주를 마셨다. 더러는 취해 포도주의 혼이 불러주는 빛과 우애가 가득한 노래를 들었다. 보들레르는 이렇게 노래한다. "인간아, 오 박복한 인간아, 유리 감옥 주홍빛 밀랍에 갇힌 내가 소리 높이 불러주마, 빛과 우애가 가득한 노래 한 곡을."• 심심한 시간은 그냥 심심하기만 한 게 아니다. 심심함 속에서 잊었던 것들이 되살아나고, 사라진 것들이 부활한다. 심심한 시간들은 죽은 것들을 되살리고, 잃었던 것들을 다시 돌려주며 감미로운 감각들을 맛보도록 했다. 시드니의 유칼립투스 숲과 공원들, 푸름에 물든 하늘과 바다, 청명한 날씨들, 롱블랙 커피, 달링 하버를 걷던 시간들, 우리를 환대했던 사람들과 작별 인사를 하자.

•「포도주의 혼」의 전문은 다음과 같다. "어느 날 저녁, 포도주의 혼이 술병 속에서 노래하기를/인간아, 박복한 인간아, 그대를 향하여/유리 감옥 주홍빛 밀랍에 갇힌 내가/소리 높여 불러주마, 빛과 우애가 가득한 노래 한 곡을.//나는 아느니, 저 활활 타오르는 언덕 위에/갖은 고통과 타오르는 염천이 있어/내 생명이 빚어지고 내 영혼이 만들어졌음을/나는 절대 배은망덕하지 않으리 해악을 끼치지도 않으리.//노동에 지친 어느 사내 목구멍으로/떨어져내릴 때면 한없는 기쁨 느낀다네/그의 더운 심장은 다정한 무덤/내가 살던 썰렁한 지하실보다 훨씬 나으리.//그대는 듣는다, 일요일마다 울려대는 후렴들/팔딱이는 내 심장속 소곤대는 희망을/식탁에 팔꿈치를 데고 소매를 걷어붙이고/그대는 나를 찬양하리 그리고 만족하리.//기뻐하는 그대 아내의 눈에 환히 불을 밝혀주리/그대 아들에겐 힘과 혈색을 주고/그 가냘픈 인생의 선수에게/투사의 근육을 튼튼히 해줄 기름이 되리.//그대 몸속에 떨어져 신묘한 식물성 양식이 되고/영원한 파종자 신이 뿌린 소중한 씨앗이 되리/하여 우리 사랑에서 시가 태어나/신을 향해 귀한 꽃 한 송이로 활짝 피어나리." 샤를 보들레르, 『악의 꽃』.

우리는 침대와 거실과 부엌만 빌린 게 아니라 여러 세간살이들, 즉 접시와 그릇들, 수저와 젓가락, 포크와 나이프들을 빌려 썼다. 그들이 벗어놓고 떠난 시드니의 시간들을 살았다. 시드니에서 나의 시간과 타인의 시간, 이렇게 두 겹의 시간을 산 것이다. 오페라 하우스와 보타닉 가든 따위를 도는 여행의 시간들과 집을 빌려서 밥을 지어 먹고 살아보는 시간들. 글레노리 교외 주택에서 재스민 쌀로 밥을 지어 먹고 책들을 읽고, 시간 날 때마다 밖으로 뛰쳐나가 걸던 시간들. 우리는 걷고 숨쉬면서 나날의 현재에 충실하고, 그 현재가 허락하는 자유를 누렸다.

우리는 저마다 시간이라는 배를 타고 바다로 나아간다. 나날의 삶은 실은 거센 바람과 파도를 헤치고 나아가는 대항해다. 시드니에서 시드니의 시간을 살았다면 서울 서교동으로 돌아가서는 서교동의 시간을 살아야 한다. 시드니에서의 마지막 밤, 시드니에서의 시간을 탕진하고 여행 가방을 꾸린다. 내일 아침, 서울로 돌아간다. 동트기 전 시드니 공항으로 나갈 것이다. 인천공항행 대한항공 비행기편은 시드니 공항에서 오전 7시 40분에 이륙한다. 새벽 2시, 짐을 챙기면서, 안녕, 시드니, 하고 무심히 발음해본다.

걸어본다 07 | 시드니
우리는 서로 조심하라고 말하며 걸었다

초판 1쇄 발행 2015년 12월 24일
초판 10쇄 발행 2022년 3월 30일

지은이 박연준·장석주
펴낸이 김민정
편집 김필균
디자인 한혜진
마케팅 정민호 이숙재 김도윤 한민아 정진아 이가을 우상욱 박지영 정유선
브랜딩 함유지 함근아 김희숙 정승민
제작 강신은 김동욱 임현식
제작처 영신사
펴낸곳 난다
출판등록 2016년 8월 25일 제406-2016-000108호
주소 10881 경기도 파주시 회동길 210
전자우편 nandatoogo@gmail.com **페이스북** @nandaisart **인스타그램** @nandaisart
문의전화 031-955-8865(편집) 031-955-2696(마케팅) 031-955-8855(팩스)

ISBN 978-89-546-3899-9 03810

○난다는 (주)문학동네의 계열사입니다.
○이 도서의 국립중앙도서관 출판예정도서목록(CIP)은 서지정보유통지원시스템 홈페이지
(http://seoji.nl.go.kr)와 국가자료종합목록 구축시스템(http://kolis-net.nl.go.kr)에서 이용하실 수 있습니다.
(CIP 제어번호 : CIP2015033649)
○잘못된 책은 구입하신 서점에서 교환해드립니다.
기타 교환 문의 031) 955-2661, 3580